經商社匯 4

阿達新聞檔案之

兩岸故事

范立達 著

阿達新聞檔案

目次

兩岸故事

【自序】

痕跡

很久以前，有一則相機軟片的電視廣告，大意是說：「你用什麼寫日記？」廣告裡說，有人用筆寫日記、有人用相機寫日記、有人用歲月寫日記……。我，用什麼寫日記呢？幹了十幾年的記者之後，我終於明瞭，我用新聞寫日記。

常聽人說：「幹一行，怨一行。」何其幸運，當了十幾年的記者，我卻從來沒有後悔踏進這個行業。生命中每一天，對我而言，都是新的一天。因爲，我知道，沒有任何兩天的報紙內容，會一模一樣；同樣的，我的生命，也天天不同。

小學三年級開始，在家父的引領之下，逐漸喜歡上歷史。當我看完《史記》的列傳之後，更對司馬遷筆下那些活靈活現的歷史人物傾心不已。從事新聞工作之後，心中有時竊喜，我，雖然不能成爲古代的史官，注記著歷朝歷代的興亡，但，我可以逐日記下我所見所聞的一景一物，讓更多不能親身參與的人，透過我的報導，與新聞事件中的人與物，更加貼近。

今天的新聞，明日的歷史。我是以此自勉的。

可是，當時間的縱深拉長，我再一回頭，卻發現，再轟動一時的新聞事件，當雲淡風輕之後，非但沒有成爲歷史，反而隱沒在荒煙蔓草間，從此無人聞問。那一疊疊發黃的報紙，也只能靜靜的躺在圖書館的倉庫裡，等待著有心人檢索、查閱。歷史洪流的沖積下，能留下的記憶，終究少之又少。

但，不應該是這樣的。今天的新聞，怎麼會變成明日的垃圾？

所以，總該有個人起個頭，爲這些或許不能列入史實的事件，留下更完整的紀錄吧？

如果說，記者每天所寫的新聞，就像是司馬光的《資治通鑑》，只能以零碎的「編年體」方式呈現；或許，也該有人想辦法，學學柏楊的功夫，整理一套《通鑑記事本末》，讓一則新聞事件的來龍去脈，完整的呈現在讀者眼前。

以前，很少人這麼做過；以後，不知道有沒有人會做。但我知道，我可以試試看。

從九十一年底，我開始嘗試。原本，以爲這項工作最多維持個半年、一年，我大概就會油盡燈枯、彈盡援絕而不得不停止。沒想到，可以整理的材料很多，「阿達新聞檔案」就這麼一則一則的推出。

這些檔案，都是我親身採訪過的新聞故事。部分內容曾經見於報端，在事件發生的那個年代，相信也是讀者耳熟能詳的故事；但更多的內容，卻是從不曾披露過的內幕。現在，我把它們報導出來，也算是對於這些新聞事件，作一個完整的交代。

檔案中的每一則故事，都是眞實發生過的。它不是小說，但有時，它的情節卻比小說更曲折。

人生，果然如戲。往事，果然如煙。

人生到處知何似
恰似飛鴻踏雪泥
泥上偶然留指爪
鴻飛那復計東西

——蘇軾

走過，必留下痕跡。如果我的記者生涯能夠留下些許痕跡，那就是這些檔案了。

签注
阿達新聞檔案
之
李顯斌檔案

如果，考你一個問題：看報紙最仔細的人是誰？你能猜得到，答案是「記者」嗎？這是事實！再也沒有其他行業的人，會像記者一樣，把報紙上相關的新聞逐行逐字的看仔細。

細看，是有好處的，那可以發現很多被人遺忘的消息。舉例來說，民國九十一年底，我在報紙上就看到這麼一則短短的訊息。這則小新聞說，「李顯斌在九十一年十二月中旬，因癌症病逝於上海。他的妻子潘列華和兒子李偉華聞訊後，已經趕往大陸料理後事，並準備把李顯斌的骨灰接回來安葬。」這則短短的新聞，馬上勾起我陳年的回憶。

李顯斌是何許人也？這故事，要從民國五十四年說起。

那一年的十一月十一日中午，二十八歲的中共空軍上尉飛行員李顯斌，駕駛俄製伊留申輕轟炸機，由杭州筧橋機場飛抵桃園空軍機場投奔自由，從此展開他另一個人生。

在國共對抗的時代，兩岸飛行員飛到對岸去，在政治上都是大事。李顯斌開著轟炸機飛來台灣，政府二話不說，馬上宣布頒發四千兩黃金作爲獎勵。而李顯斌也受到英雄式的歡迎。

在一次山東同鄉會歡迎李顯斌的場合中，李顯斌認識了擔任司儀的張美雲，並對她留下深刻印象。當時，張美雲年僅二十一歲，是世界新專廣播電視科夜間部一年級的學生，也剛考上中廣公司，與女歌星紫薇共同主持極有知名度的廣播節目「星海」。經過李顯斌熱烈的追求，兩人在翌年，也就是五十五年九月結婚。

李顯斌和張美雲的婚姻，在坊間有很多傳說。有一種說法指稱，政府對於這些所謂的反共義士，其實骨子裡仍然不太放心，所以，當這些反共義士來到台灣之後，政府就會想盡辦法，安排他們成親。而與他們成婚的配偶，則是政府安排的政戰特工人員，目的就是就近監控他們，以防他們是中共派來臥底或刺探軍情的間諜。

不過，這種說法在我親自向張美雲查證時，卻遭到她的否認。張美雲說，她的確曾經在政戰學校念過一年的書，不過，後來她罹患盲腸炎，只好休學。之後，她轉而投考世新繼續求學。因此，她並不是所謂的「政戰特工人員」。更何況，她和李顯斌的確是自由戀愛結婚的，而且，當年李顯斌追她還追得很緊呢！每天一封情書的緊迫盯人，讓人不動心也難。他倆的婚姻怎麼可能是由政府安排的呢？

但話雖如此，政府對這些反共義士，仍然是抱持一定程度的警戒之心的。因爲，飛行員投誠，表面上的理由當然是唾棄共產暴政，但實際上，眞的有如此崇高政治理念的人，大概沒有多少。他們多半是因爲在大陸地區不得志，或工作上受到委屈，甚或犯錯違紀，才會鋌而走險，駕機起義來歸。但在國共鬥爭那幾十年，只要是具有政治上宣傳意義的事件，政府是不可能放棄的。因此，即便明明知道這些反共義士投誠的動機或許不單純，但政府宣傳部門仍然睜眼說瞎話，硬說他們是爲了加入反共復國的行列，而且廣爲安排拜會演說活動，務必把他們的宣傳價值拉到最高。

而且，爲了證明他們投奔自由的目的，是爲了加入「反共復國」的行列，在他們投誠後，政府都會讓他們進入國軍，以實其說。不過，進了部隊之後，他們的言行應該都會受到政戰監察、保防部門嚴格的監控。雖說他們可以官晉一階（上尉升少校、少校升中校），但他們從此之後，就再也不能碰飛行器了。

駕機投奔自由的反共義士，來到台灣以後，剛開始，都要成爲政府的宣傳工具，每天忙著四處拜會，到處演講。他們所說的，也不外是抨擊共產極權暴政等等之類的樣板調子。因爲忙於拜會、演講，他們大概也沒有太多的時間在部隊裡待著。但等到宣傳期一過，反共義士生活趨於平靜後，他們的生活就變得相當的苦悶了。因爲，他們不能再飛行。

不能飛行的原因，當然是因爲當局不敢讓他們飛。

爲什麼呢？因爲，台灣距離大陸實在太近了，這些反共義士既然能夠開著飛機飛過來，說不定，哪天在台灣混得不爽了，也有可能駕著飛機飛回去。這種事，不怕一萬，只怕萬一。只要發生一件，那政府豈不糗大了？

爲了斷絕這種事件發生的可能性，最好的辦法就是讓這些投誠的飛行員終生停飛。

可是，政府大概沒有想過，會去幹飛行員的人，大概都有一種想要在天空翱翔的欲望。斷了他們飛行的路子，和閹割了他們沒有兩樣。這一點，在我訪問李顯斌時候得到印證。

我們第一次見面時，就聊到飛行。在言談之間，他強烈的流露出非常想飛的渴望，而且，他跟我說話的時候，眼神還會不時的飄向天際。看得出來，飛行仍是他的最愛。只可惜，飛來台灣這一趟，竟是他人生最後一次駕駛飛機，這大概是他連作夢也沒想到的事了。

相對於此，大陸對於我方飛過去的飛行員，就寬大得多了。例如，當年駕駛華航貨機飛到廣州白雲機場的王錫爵，據稱仍在飛行。不過，大陸當局對他們也不是全然不防，有消息說，王錫爵能飛的地方遠在大陸的東北。這樣的安排很明顯，那即是意味著，就算哪天你要改變心意，再飛回台灣去，我看你從東北怎麼飛過去？

不能飛行的飛行員，只好每天在部隊裡數饅頭混日子，在心情苦悶之下，家庭生活顯然也不可能過得很好。

的確如此。李顯斌和張美雲結婚後，兩人育有二子，但因個性問題時有衝突，結婚十六年之後，兩人終告分居，再過四年，亦即是民國七十五年七月，雙方正式離婚，結束了這段長達二十年的婚姻關係。

我在七十九年底訪問張美雲時，就曾經問她後不後悔與李顯斌之間的這段婚姻？她當時的說法頗令我動容。

她是這樣說的：「我情願相信，這是前世欠他的債，所以要我用二十年來還他。你問我後不後悔？我告訴你，當然後悔，而且非常後悔。但是，我不後悔這段過程，因爲，這其中，讓我學到很多人生經驗。然而，要以我的人生來換取這些經驗，我認爲不值得。可是我不怨，沒人逼我嫁他，只怪我當初太年輕。當年，他是很認真的。他也很不幸，他應該也不想娶個老婆半路離婚。我想，這是雙方的問題，錯在我們不知道彼此是不是適合的對象……。」

民國七十七年十月，也就是離婚後兩年，李顯斌再婚，對象是比他年輕十九歲的女子潘列華。

潘是廣西桂林人，早年曾接受共產黨式的教育，後來因爲有親戚在日本，所以才有機會申請到日本求學。民國七十三年，潘列華來到台灣，透過在空軍服役的舅舅介紹，認識了當時正處於分居狀態下的李顯斌，兩人共譜戀曲。李顯斌離婚後，他們很自然的就成了親。婚後三個月，潘列華到加拿大，在麥吉爾大學修教育管理碩士，李顯斌因爲還有軍職身分，不能同行，兩人只好異地相思。但李顯斌一定沒有想到，結識潘列華，對他的人生，會有更大的改變。

讓李顯斌的人生出現大轉彎的事件是什麼?這故事，先按下不表。這裡，還有兩段插曲要提一提。這兩段，都跟黃金有關。

第一段小故事，要談的是李顯斌投奔自由後領的那筆四千兩黃金。

前面提到，李顯斌在五十四年投誠時，駕駛的是轟炸機。轟炸機不像戰鬥機那麼輕巧，不可能一個人飛。事實上，當時在那架飛機上的，的確不只一人，而是三個人。飛行員是李顯斌，那麼，另外兩個人是誰呢？

這兩人中，一人是領航員李才旺，另一人是報務員廉保生。其中，廉保生在飛機降落到桃園空軍機場時，就已經死亡。當時，政府對外的說法是，李顯斌對於桃園空軍機場的地形不熟，所以飛機落地時發生碰撞，在機尾的廉保生不幸壯烈犧牲。

廉保生雖然死了，不過，政府仍然把他算上一份，對外宣稱這起投奔自由事件，是三人一塊兒投誠。在講究「三人成眾」的時代，三個人一道投誠，宣傳價值自然比一人要高許多。

既然是三人一起投誠，那麼，獎勵反共義士駕機起義來歸的四千兩黃金，就不能只給李顯斌一人。政府的分配方式是：李顯斌是飛行員，功勞最大，獨拿一半，即兩千兩；李才旺和廉保生平分另外一半，各拿一千兩。但是，廉保生已經死了，他的獎金怎麼領呢？很簡單，政府也有辦法。這筆黃金，先暫存國庫，等到光復大陸後，再交給廉保生的家屬。

當年，社會大眾對政府這樣的處置方式，沒有人會提出任何質疑。可是，時隔多年後的今天，政府對於反攻大陸已經承認無望，那麼，原本存在國庫裡的這筆黃金，又該如何處理呢？兩岸已經開放通匯了，如果廉保生的家屬來函要求具領這筆鉅額的獎金，政府可不可能把錢匯過去呢？又或者，如果廉保生的家屬出具委託書，派人來台領取，政府是發還是不發呢？

話扯遠了，還是拉回正題。

話說獎金分成三份分發完畢之後，李顯斌心裡其實是很不爽的，不過，在那個時代，他什麼話也不能說。直到民國七十七年，政治情勢比較和緩些，他才透過山東同鄉會的關係，遞了一份陳情書給當時的資深立委楊寶琳爆料。

在這份陳情書中，李顯斌強調，民國五十四年的那場投奔自由行動，從頭至尾都只有他一個人想要來到台灣，李才旺、廉保生兩人根本事前都不知情。他說，當飛機降落在桃園機場時，廉保生才發現李顯斌的意圖，因爲已經無法改變局勢了，廉保生只好自殺，而李才旺則是被李顯斌俘虜。

李顯斌說，整件事的來龍去脈，在他投誠時就交代得一清二楚，政府當局完全知情。不過，爲了配合政治宣傳的需要，當局卻硬要把這次的投誠事件掰成是三人共同完成。但私底下，李才旺仍是激烈反抗的，所以，在後來的反共抗俄宣傳工作裡，李才旺幾乎沒有露過臉。而政府也在幾年之後，悄悄的把李才旺送到國外。之後，李才旺又回到了大陸去。

李顯斌爆料的原因很簡單。他認爲，既然當年的駕機投誠事件，完完全全是他一人所爲，那麼，政府頒發的四千兩黃金，就該由他一人獨得，憑什麼分成三份，讓另外兩個根本不願意投誠的人也分上一杯羹？

李顯斌更不能平的是，當時，政府說好要給他兩千兩黃金，可是，事實上他根本沒有看到黃金。政府是以中央信託局的黃金牌價，以每兩黃金折算一千四百六十元現金，發給他新台幣兩百八十萬元。李顯斌認爲，中信局的黃金牌價比市價低很多，他不能獨得四千兩黃金，已經夠吃虧了，結果，連黃金折算現金時，他都還要再吃一次虧，這口氣怎麼可能嚥得下去呢？

而眞正引爆李顯斌心中怨氣的，是民國七十六年駕駛米格二十一型戰鬥機飛到韓國投奔自由的孫天勤事件。

李顯斌說，孫天勤飛到韓國，飛機後來被送回大陸，只有人到台灣，但政府卻頒給他七千兩黃金，而且是以市價折算現金，共發給一億兩千九百多萬元。他認爲，孫天勤連飛機都沒有飛過來，對國家的貢獻絕對沒有他大，但卻領得比他多，如此差別待遇，他不能忍受。

李顯斌的陳情書一出，自然讓政府顏面無光。空軍總部事後馬上發表聲明，堅決表示，李顯斌投奔自由時，李才旺、廉保生也是反共義士，不是被俘者。另一方面，空總也以李顯斌未經長官許可，私自對外發言爲理由，把他記過一次。結果，李顯斌還是沒有爭取到更多的獎金。

現在想想，空軍總部當時的新聞稿當然是鬼扯。因爲，在空總口中的「反共義士李才旺」，那時早就已經經由國外回到了大陸，並且還曾經公開表示，當年他是被李顯斌挾持來台的。不過，當年的資訊傳遞管道還不發達，李才旺回到大陸的消息在台灣是被封鎖的，所以一般人並不知道還有這一段。如果，當時有哪一家媒體把李才旺的行蹤見諸報端，或是派出記者到大陸採訪一趟李才旺，空軍總部的謊言當會不攻自破了。

另一段與黃金有關的故事，發生在七十八年。那時，李顯斌已經和張美雲離婚三年，與潘列華結婚一年了。

李顯斌雖然與張美雲離了婚，不過，他們兩個人曾經生下兩個兒子，兒子在爸爸媽媽兩家跑來跑去，很多訊息也會帶來帶去。從孩子口中，李顯斌得知，他的前妻在中鏵貴金屬公司存了一筆黃金，每個月可以領到非常高額的利息，於是，他就打電話問張美雲，他能不能也存一點進去？

那個年代，台灣社會上有很多家地下投資公司，鴻源、龍祥、永安是其中的三大龍頭，打著「四分利」的招牌，不斷的對外吸收游資。由史庭兆主持的中鏵貴金屬公司，規模雖然比不上那三大投資公司，不過也頗具聲勢。而且，史庭兆還玩了一個噱頭，他不收投資人的現金，而是改採「黃金存摺」模式吸金。

這方法其實也很簡單，也就是說，要入金的投資人，必須自己先去購買黃金，或者，拿現金給中鏵貴金屬公司代購黃金，這些黃金存在公司裡，投資人取得一本「黃金存摺」，之後，就可以按月領取利息。說穿了，這手法與其他的投資公司相比，也不過只是換湯不換藥罷了。

張美雲在接到李顯斌的電話後，大力聲稱投資黃金存摺的好處。李顯斌被說動了，於是花了兩百萬元，買了六公斤的黃金，帶到張美雲的住處，交給在場的中鏵貴金屬公司襄理蔡英端點收，共同送到公司存放。事後，李顯斌又再存放了一公斤黃金。

對於這件事，李顯斌曾經很感慨的跟我說，民國五十四年他投奔自由時，領到兩千兩黃金，折算現金卻只有兩百八十萬元。到了七十八年時，他才買了六公斤的黃金，就要價兩百萬，差距眞是太大了。

李顯斌的這批黃金，在七十八年八月存入中鏵貴金屬公司，沒想到，到了十二月間，公司就因爲涉嫌非法吸金，被調查局抄了。而調查局搜索時，也發現這家公司早就成了空殼子，投資人這下子完全血本無歸。

李顯斌認爲，他這次投資之所以會遭受到如此重大的損失，責任完全在張美雲和蔡英端兩人身上。如果，張、蔡兩人事前告訴他，中鏵貴金屬已經不值得投資，他就不會入金。因此，他事後一再的打電話給張美雲，要張把黃金還給他。

對於此事，張美雲在接受我訪問時，表情是相當無奈的。

張美雲說，黃金存在公司，又不是被她吞了。如今，公司倒了，她自己也損失慘重。對於李顯斌，她認爲自己最多只有道義上的責任，沒有法律上的問題。況且，事後，她還自掏腰包賠了李顯斌一公斤的黃金，已經仁至義盡了，李顯斌若還要苦苦相逼，她也無話可說。

張美雲無話可說，李顯斌卻不罷休。七十九年底，李顯斌一狀告進台北地檢署，張美雲被列爲詐欺被告。這一對曾經結褵二十年的夫妻，如今卻要對簿公堂。

孰是孰非其實不難查清。檢察官短短的開了幾次庭之後，認爲張美雲本身也是受害者，亦無詐欺的犯意，把張美雲不起訴處分。張美雲清白昭雪，但卻因此而對李顯斌傷透了心。

這起官司發生時，跑司法新聞的記者們沒人注意到這件事，結果被我幸運的撈到了這條大獨家。連續幾天，我走訪空軍總部，和李顯斌深談，又跑到張美雲家，聽她一面落淚，一面細數李顯斌的種種。等到採訪完畢之後，我一口氣發了好幾則的稿子，報社也很捧場，用了很大的篇幅作這則新聞。

我還記得，其中，我發的一則新聞提到這場官司的緣由，報社的編輯還作了這樣的標題：「義士人稱好，只是嫌錢少」。我想，李顯斌看到之後，心中一定很氣惱吧！

前面說過，李顯斌結識潘列華，對於他的人生際遇，有了更重大的轉變。此話怎麼說呢？

原來，民國八十年初，李顯斌已經服役期滿退伍了，曾經回到大陸探親三次的潘列華於是鼓勵他到外面的世界走走。經過近一年的籌畫，在這年的十一月二十九日，李顯斌終於啓程到加拿大，探望正在求學的老婆。而這也是李顯斌從五十四年來到台灣之後，首次出國旅行。

二十幾年沒出過國的李顯斌，表現得相當雀躍，像個小孩子似的。或許，可能是因為一切都太順利了，當潘列華提出「要不要回大陸去探親？」的構想時，李顯斌竟然沒有拒絕。

在我後來訪問潘列華時，她提到這一段。

她說，李顯斌因為早年駕機來台，所以一直認為這輩子不可能再回到大陸去了。她說，在李顯斌的心中，其實一直對大陸的家人有著很深的虧欠感。因為，李顯斌早年在大陸時，曾和家中的童養媳圓房，生了一個孩子，後來，他在大陸軍中服役時再度結婚，也育有子女。當年，他投奔自由後，他在大陸的妻子就被迫和李顯斌畫清界線，而且立即改嫁；他的子女也被迫改姓，還不准他們認祖歸宗，中共在李顯斌的子女和父親完全脫離關係後，才准他們繼續念書。

潘列華告訴我，李顯斌是個孝子，但是父親在大陸過世，他卻遲了一、兩個月才知道，事後非常自責。後來，兩岸開放通郵，他輾轉接到家書，得知母親身體不好，就更想回去探親。

原本，李顯斌一直礙於軍職身分，無法返回大陸，所以這個念頭也都只放在心底。等到退伍，到加拿大與潘列華團聚時，她的一句「要不要回大陸探親？」卻讓李顯斌燃起了希望。李顯斌原本還有些猶豫，怕中共會算舊帳，他回到大陸之後可能會有不測，但在潘列華一再勸說下，他最後下定決心，告訴她，如果中共駐加拿大使館不願意發給他旅行證，那麼，他就不回去了；如果發證，他就成行。沒想到，十二月十日，他們兩人就拿到參贊楊宗良核發的旅行證。於是，他們就訂了十二月十六日的機票飛回大陸。

回到大陸後，原本一切都相當順利。李顯斌見到了八十來歲的老母，兩人還抱頭痛哭，而李顯斌的子女們也出面和他團聚。闊別二十多年後，一家子人享受了十天的天倫之樂。

十二月二十六日下午，李氏夫婦到了青島機場，準備搭飛機到上海，再轉飛香港。不料，臨上飛機時，三名青島市公安局外事處人員，在處長帶領下，把他們兩人攔下，說他們的證件有問題。之後，公安又說他們不能搭這班飛機，然後就把他們帶到青島和平賓館四一〇號房，同時還派了兩名公安到房間看著他們。

第二天，公安告訴潘列華，有一班飛機飛到上海，要她先上機，但李顯斌不能同行。隨後，三名公安不由分說，就把潘列華強送到機場，看她入關、上機之後才離去。

潘列華到了上海之後，無計可施，只好按原定行程回到加拿大等消息。她告訴我，她在上海時打電話到和平賓館，李顯斌還能接電話，但等她回到加拿大再打電話時，賓館的服務生卻告訴她，四一〇號房已經沒住人了。

從這一天起，李顯斌就被中共當局扣留了。

李顯斌失去自由的消息，在國內很快就傳開了。由於之前我曾經採訪過他，所以，報社長官決定，這則新聞就由我負責繼續追蹤。

八十一年元月初那幾天，我幾乎天天打電話到青島公安局，追問李顯斌的下落。我相信，當時在青島公安局工作的那群公安們，一定都記得台灣有一個很難纏的記者，天天打電話過來纏人。而在一次次的電話採訪中，也讓我對青島公安局的劉主任印象相當深刻。還記得，八十一年元月二日，我和劉主任之間的對話是這樣的：

我問：關於李顯斌在上個月二十六日被青島市公安局扣留一事，你能不能作個說明？

答：現在不能講。

問：爲什麼？

答：這是有關國家的事。

問：但是，現在台灣民眾都很關心這件事。

答：那你把電話留下來，在適當時機，我們再答覆你。

問：你能不能先證實，李顯斌還在你們那裡？

答：他現在不在這裡。

問：可是他太太說，李顯斌是被你們扣下來的。

答：什麼扣下來？我們不了解。

問：公安局裡沒有人能對此事作更具體的說明嗎？

答：這些事情現在不能講。這些有關國家的事情，要由上級指示，才能對外說明。
問：什麼時候可以有答案？
答：適當時機，好嗎？我們會答覆的。
問：還有誰可以讓我們查證的？
答：這件事就是由我們公安局處理，我會答覆你的，過幾天再說吧！

元月三日，我再打電話過去給劉主任，這次更慘。

我問：請問李顯斌先生的事情，你們如何處理？
答：我不作答覆。
問：爲什麼？
答：因爲我不清楚，不作答覆。
問：誰比較清楚？請把他的電話給我，或是請告訴我山東省公安廳的電話，我自己去問。
答：那個電話不能公布，你的問題我不能答覆。

看！老共的公安人員多麼的官僚呀！

在查證無門的情況下，我甚至還打電話到加拿大，找當時核發證件給李顯斌的中共駐加大使館參贊楊宗良。

我們之間的對話是這樣的：

我問：李顯斌到大陸探親被扣留的消息，你能否作個說明？

答：我們也是在前幾天，經由住在加拿大蒙特利亞的李太太打電話過來，才知道此事。李太太說，他們到青島時，公安局告訴他們，李先生的證件要拿去驗證，就把證件收走了，後來李太太先離開大陸。具體情況，我們還不清楚。在沒有接到國內的指示前，我們只能說這麼多。

問：李顯斌夫婦的證件是你發的嗎？

答：是的。

問：他們向你申請證件時，你知不知道他的身分？

答：他們申請的是一般回國旅遊、探親的證件，所以我也核發了中華人民共和國旅行證給他們。當時，我不知道李先生的特殊背景。

問：如果你事先知道，你還會不會核發證件給他？還是要向大陸方面請示？未來，具有相同背景的人申請回大陸，會如何處理？

答：今天就談到這裡，好吧？

說完，他也不等我回應，就「咔」的一聲，掛斷電話。

到了元月十日，我再次打電話到青島市公安局，找到了劉主任，話題仍是李顯斌。

我問：你們原本說，是以「治安管理處罰條例」拘留李顯斌十五天。今天，已經是第十五天了，你們有沒有可能釋放他？

答：釋放？誰說的？根本沒有這回事。沒有這個說法。

問：那麼，目前如何處置李顯斌？

答：我們還在依法審查他所涉及的罪嫌。

問：他觸犯什麼罪？目前關在哪裡？

答：無可奉告。

問：他的家屬想去青島看他，你們會准許嗎？

答：記者來當然不行。他的家屬能不能見他，不是我們這一層次所能決定的。

問：你的意思是，目前還不可能釋放李顯斌？

答：對！

李顯斌放不出來，他的兒子李偉華只好向海基會求救。可是，海基會能做的也是有限，除了發發函，表示嚴重關切之外，也無計可施。在加拿大的潘列華，打電話到陸委會，找副主委馬英九，但也沒得到具體的承諾。

元月十七日晚上，潘列華從加拿大返台。由於事前我已經打過好幾次越洋電話給她，和她建立了還算不錯的交情，所以，當我得知她要回國時，我就告訴她，我會開車到機場接她。

這天晚上，我順利的接到人，我們一路由桃園中正機場聊到台北的家，她憂心忡忡，且相當自責。而我這趟奔波的代價，則是得到了獨家專訪她的新聞。

第二天，潘列華趕到海基會，當面向海基會尋求援助。潘列華說，她很想到大陸去探視李顯斌，但她一人不敢前往，希望海基會的人能帶她去。因爲，她很怕自己也會進得去，出不來。

正當海基會還在猶豫不決，考慮要不要派人陪潘列華進大陸時，大陸方面卻有了斷然的回音。

他們根本不准潘列華或海基會人員去探望李顯斌。

半年之後的六月二十六日，青島中級人民法院作出一審判決，依投敵叛變的罪名，判處李顯斌有期徒刑十五年。原本，李顯斌不打算上訴，但法院一名孫姓官員卻打電話給潘列華，要她在七月五日以前飛到青島，勸說李顯斌提出上訴。潘列華一聽，心裡又燃起一線希望。她認爲，法院會打這個電話來，似乎是暗示全案上訴後，或許會被改判爲較輕的罪。

七月三日，潘列華飛到青島，見了李顯斌，也讓李顯斌簽字上訴。不過，事後證明，上訴依然無效，法院維持了十五年原判。從此，李顯斌就在青島監獄展開了漫長的牢獄生涯。

按照中共的刑法規定，被處有期徒刑的犯罪分子，服刑達到刑期二分之一以上者，可以假釋。換句話說，在服刑七年半之後，也就是八十八年底，李顯斌應該可以獲釋出獄。

但事實不然。李顯斌一路被關到九十一年五月十四日，總共服刑十年五個多月後，中共司法單位直到發現他罹患癌症，而且已經到了末期，才准他假釋。

假釋後的李顯斌搬到上海療養，他仍然被監管，無法返回台灣。而此時的他，健康狀況惡化得相當嚴重，體重也由七十公斤一下子掉到四十五公斤。到了這年的十二月十七日，他的病情終告不治，因胃底賁門癌病逝，享年六十六歲。

李顯斌來到台灣那年，我剛剛出生。原本，他和我是兩個完全不同世界的人，我們之間不該有任何交集的。可是，因爲工作的關係，讓我在偶然的情況下，知道他打官司的消息，並因此而採訪他，得到了一則珍貴的獨家新聞。之後，我和他以及他的家人都成為朋友，他的命運，也變成讓我牽腸掛肚的負荷。他在青島監獄服刑後，我曾經寫信給他，但沒收到他的回信，我也不敢確定，我寫的信有沒有落到他的手中。本來，我一直抱著希望，認為他出獄之後，我們終能再見面，屆時，我還要好好報導他的近況。可是，這樣的期盼最後還是成了泡影。

我常想，海峽兩岸的分離，扭曲了很多人的命運，對李顯斌來說，更是開了他人生的一場大玩笑。只是，身為當事人的他，無論如何，都笑不出來。

签注
阿達新聞檔案之
吳榮根檔案

跑了十多年的司法新聞，我一直覺得，司法這條線，是所有路線中最有意思的一條。這倒不是我在老王賣瓜，自賣自誇，那是我切身的感受。

試想，新聞中所報導的，不就是「人」的故事嗎？而人與人之間的愛、恨、貪、嗔、癡，不正是所有故事中最精采的嗎？那麼，要到哪裡才能找到這麼多動人的故事呢？司法機關裡，每天所上演的，不就是這些嗎？

而且，如果長期跑司法新聞，還可以看到很多新聞故事裡頭的人物，隨著時光的流逝，而有不同的人生際遇。那些生命中的變化，有些，我想連當事人自己也沒想到過。經過十幾年的起起伏伏，如今，回首再看過去的故事，再想想這些故事中的主角今日的所做所爲，會有一種恍如隔世的感覺。那眞是一種很奇妙的體驗。

吳榮根的故事，就是一例。

民國七十七年八月，是我初入新聞界的第一個月，簡直菜到不行。我印象很深刻，那時的我，對一切的一切，都是十足十的狀況外，連我應徵的那家報社——《中華日報》，我都還搞不清楚是個什麼樣的媒體。

那年七月，我從澎湖服完兵役退伍回來，在家裡休息了一小段時間，緊接著就開始找工作。我把當兵期間投稿澎湖《建國日報》的剪報寄到《中華日報》去碰碰運氣，沒想到，他們卻找我面試。

當年的《中華日報》，景況已經不太好了。原本在台北、台南各有一個據點，每天發行「北部版」、「南部版」的《中華日報》，才剛剛完成組織精簡，把南、北兩版合併，北部地區只留下一個採訪組，大部分的人力都已經撤守到台南去了。我傻頭傻腦的撞進了《中華日報》，而且被發派主跑司法新聞，這對於一個新聞界的菜鳥來說，當然是非常嚴苛的挑戰。

那時候的我，對於法律的概念，完全等於零，對於採訪對象，也沒認識半個。我每天在司法機關裡逛來逛去，卻像是無頭蒼蠅似的，什麼好東西也挖不到。心裡的焦慮，眞不是筆墨所能形容。

可是，當考驗來臨時，命運之神才不管你準備好了沒有。祂出了考題，你就得作答；如果答不出來，那就等著被淘汰。對報社來說，心態也完全相同。當他們把一名記者丟到線上時，報社的長官們才不管這名記者是老鳥還是菜鳥，反正，要求只有一個，那就是「獨家！」即使面對的是跑了十幾年的資深記者，報社也不會因此而認爲，你是個菜鳥，所以你就擁有每天漏新聞的權力。

說來不怕別人笑，剛到《中華日報》那兩個禮拜，我每天晚上睡覺時都作噩夢。我夢到的，都是被其他報社的記者狠狠的漏了一條頭版頭條的大新聞。

爲了要讓自己不要漏太多的新聞，那就必須比別人更加勤奮的收集資料、尋找線索。這其中，對於我們這些日報記者來說，最重要的一條新聞線索，就是晚報。我記得，每天下午三點鐘，當送報生把熱騰騰的晚報丟到記者室來時，馬上就有一群日報記者，像惡虎撲羊似的，把《中時晚報》和《聯合晚報》搶到手中，然後仔細閱讀，看看晚報的記者們，有沒有寫些什麼特別的司法新聞。如果有，那就趕快影印下來，然後再照著晚報上面寫的內容，去追後續的消息。

在我眼中，晚報的記者簡直就像神一樣。

《中晚》、《聯晚》這兩家晚報都在民國七十七年初創辦。這兩份晚報的出現，很明顯的改變了台灣媒體的生態，也讓資訊的傳遞速度變得更快。在這兩家晚報還沒有問世之前，沒有媒體是報導「今天早上」的新聞的。之前的《大華》、《民族》、《自立》三家晚報，內容多半乏善可陳，一方面是因為截稿時間早，二方面是因為出報時間晚，所以相對的影響力有限。但《中晚》和《聯晚》的操作方式不一樣，他們發給每一名記者一部手提式傳真機，要求記者在採訪路線上隨採隨發，記者不需回到報社發稿，稿子透過傳眞機直接傳回報社後馬上打字、排版，在中午股市收盤，取得大盤圖表後，印刷機馬上開動付印。下午兩點多，晚報就出爐了。

也因此，當《中晚》、《聯晚》這兩家截稿時間晚、出報時間早的晚報問世之後，傳統的三家老晚報根本就不是對手。而對於我們這些日報記者來說，早上的新聞，既然已經由《中晚》和《聯晚》的記者都掃過一遍，我們再跑也不可能跑得過他們，那麼，我們乾脆把早上的戰場讓出來，給晚報的記者們拚搏。我們只要下午三點以前到達採訪單位，翻翻晚報，看看有什麼好東西可以再追，一天的新聞也差不多就有了底了。

這樣跑新聞的方式當然比較安全，比較不會有漏新聞的威脅，可是，也正因爲把早上的戰場讓出來，很多資訊的掌握與取得，就會比較疏鬆。所以，當我們下午看晚報時，常常會被報上的新聞給嚇一跳。因爲，我們沒有想到，原來早上也發生過這麼多大事。

七十七年八月二十五日那天，就是這樣一個狀況。

那天下午，我到達台北地方法院記者室，正在整理資料時，晚報來了。

一如往昔，一群日報記者衝上去，把兩份晚報攤開，找尋可以繼續發展的新聞線索。可是，這天很不一樣。平常時，記者們都是鬧轟轟的，他們都是一邊看晚報，一邊咕咕噥噥的念念有詞。但這一天，我聽到有人攤開晚報的聲音，但卻聽不到他們平常聒噪的聲音。

我抬頭一看，已經有一群記者擠成一堆，他們每個人的頭都靠得很近，大夥兒的目光都直直的盯著桌上的那份晚報。

出了什麼大事了？我很納悶。

只見這群老鳥們，突然間把報紙往桌上一甩，也不影印了，每個人都奪門而出，而且個個神色慌張。

我嚇壞了。

等到他們都跑光了，我這隻菜鳥才敢撿起晚報瞧瞧。這不瞧還好，一瞧之下，我也奮力的向外衝去。

原來，這天的晚報上，爆出了一則大獨家——「反共義士吳榮根爆發緋聞案」。晚報新聞說，台北地檢處已經決定下午要傳訊雙方當事人到庭說明。我看了看手錶，現在正是開庭的時間。

我飛快的衝到台北地檢處（那時還不叫地檢署）的偵查庭門口。到了現場，我一看，一群記者也都到了，檢察官還在開庭，看來，我還沒錯過這則大新聞。我趕忙抓起公共電話，向報社通報這件大事，也請報社趕快派攝影記者過來支援。

吳榮根是誰呢？現在的年輕人知道他的可能不多，但民國七〇年代，他可是赫赫有名的人物。

吳榮根原本是中共解放軍空軍第一偵察機團第一大隊第二中隊的飛行員。民國七十一年十月十六日，二十五歲的吳榮根駕駛一架殲偵—六型（也就是米格十九型）戰機，從山東文登機場起飛，之後，他謊報發動機空中停俥，乘指揮塔台忙於實施特情處置程式時，就以超低空飛行模式，全速飛往韓國漢城K十六機場，並宣布要投奔自由。

當年，我國和南韓還沒有斷交，經過救總從中協調後，在十月三十一日把吳榮根接回台灣，他立刻成爲新聞焦點人物。而政府爲了獎勵他的「義行」，也很慷慨的頒贈了五千兩黃金給他，並授予他少校軍階。這筆黃金折合成現金，一共高達新台幣八千五百萬元。而陸軍總司令蔣仲苓也馬上收他爲義子。

吳榮根這位年輕又多金的反共義士，馬上成爲眾家少女們心目中的白馬王子。

對我來說，我對吳榮根的印象，也就僅只於此了。我怎麼可能想到，他會在我剛剛出道，成爲記者還不到一個月時，就變成我的採訪對象呢？

可是，隔著偵查庭那一道厚厚的木門，他眞的就在裡頭應訊呀！

我心中突然興奮了起來。

我腦子裡飛快的閃過幾個念頭。我在想，待會兒，等他出來時，我要衝上去問他什麼問題？

過了一個多小時，偵查庭裡面有動靜了。

我們這群圍在偵查庭外頭的記者們，突然看到大門打開了。我們本來想要一擁而上，可是，這時卻看到從偵查庭裡走出來一群人。這其中，有一名中年婦人，一眼看到了守在庭外的大批記者，她神色馬上變得非常憤怒。

她回頭，看著一名穿著法袍的律師，破口大罵說：「你爲什麼找記者來？」

一邊罵，她還動手拉扯律師的法袍。

這名律師一邊辯解，強調記者們不是他找來的，一邊努力的想要掙脫那名婦人的手。沒想到，偵查庭裡接著又走出兩名年輕男子，他們馬上也加入戰團，也高聲辱罵律師。這兩名男子罵到後來，還對著律師吐口水。

律師不堪其擾，揮手推開這兩名年輕男子，男子卻突然大叫：「律師打人啦！律師打人啦！」

這是什麼狀況呀？我看得目瞪口呆。

好不容易，律師掙脫了人群，往律師休息室走去，一群記者隨即也跟著擠了進去。幾位比較資深的記者高喊：「林律師，怎麼回事？」

我偷偷的問旁邊的同業，才知道那名律師叫林憲同，他是吳榮根的律師。

在一陣混亂之後，穿著淺藍色軍裝的吳榮根，也從偵查庭出來，進到了律師休息室。

這是我第一次近距離的看到吳榮根，在此之前，我看到的吳榮根，都出現在電視機裡。眞實世界裡的他，看起來像個大孩子，他長得很斯文，臉上還帶著一些稚氣，完全不像是個曾經冒著生命危險，駕駛戰鬥機投奔自由的飛行員。他到律師休息室，本來是要找他的律師林憲同的，他沒想到會看到一群記者也擠在裡面，他當場嚇得臉色發白。不過，林憲同律師馬上安慰他，要他稍安勿躁，相關的問題，律師都會替他回答。所以，吳榮根也就安安靜靜坐在一旁，讓攝影記者的閃光燈在他眼前不斷的此起彼滅。

等到攝影都拍夠了，林憲同律師就很親切的向我們說明，他們今天出庭的主要原因。

林憲同說：「今天出庭的原因，是因爲之前吳榮根曾經控告女朋友劉積順的家人涉嫌詐欺，檢察官爲了要查明眞相，所以傳喚雙方當事人出庭說明。」

他說：「吳榮根在前年（民國七十五年）聖誕節的晚上，在台北市環亞百貨樓上的夜總會裡，認識了擔任副理的女子劉積順，之後，兩人交往密切，並且在第二年的五月十五日祕密結婚。不過，他們兩個人婚後的生活並不美滿，因此到了年底，兩人就協議分手。吳榮根也同意付給女方一筆很豐厚的『道義賠償金』。」

林憲同說：「這筆賠償金的金額是一千萬元。吳榮根頭期款就付了兩百五十萬元，剩下的部分，吳榮根開出本票支付。但後來，劉積順騙吳榮根說，本票上只有簽名，沒有蓋章，是無效的票據，並要求吳榮根重開本票，還說舊的本票會自行撕毀。吳榮根不疑有他，就陸續開了好幾張本票，總計高達一千九百五十萬元。之後，吳榮根也曾多次付出現金給劉積順，但都沒有拿回本票，因爲劉積順告訴他，只要拿到現金，她就會把等值的本票撕掉。可是，等到吳榮根付清了賠償費之後，才發現劉積順根本就沒有撕掉那些本票，反而拿了這些本票上法庭要求法官查封吳榮根的財產。吳榮根忍無可忍，也爲了自保，所以才會決定要控告劉積順的家人涉嫌詐欺。」

那麼，吳榮根究竟告了哪些人呢？

林憲同律師說，吳榮根一共告了六個人。這六個人的身分也很特別。其中，第一名被告是劉積順的母親張桂卿，第二名被告是張桂卿的前夫李春園，第三名被告是劉積順的大哥劉積溫，第四名被告是劉積溫的前妻陳粹眉，第五名被告是劉積順的二哥劉積恭，最後一人是劉積恭的同居人徐妙玢。至於劉積順本人，吳榮根因為顧念彼此的舊情，所以不打算提出控告。

林憲同還意有所指的說，這六名被告的關係很複雜，其中有兩對是離了婚的夫妻，另一對是還沒有結婚的同居人。林憲同說，只要看看劉積順一家人的背景這麼亂，就不難想像，這家人是個多麼不正常的家庭。

不過，採訪新聞可不能單憑一面之詞。照林憲同的說法，吳榮根是被劉積順一家人聯手坑了，可是，這就是所謂的「事實」嗎？劉家的人又是怎麼說的呢？

方才在偵查庭門口和林憲同拉拉扯扯的那一群人還沒離開。我溜過去問他們。原來，一開始扯住林憲同法袍的，就是劉積順的媽媽張桂卿。後來對著林憲同吐口水的，是她的兩個哥哥劉積溫、劉積恭。他們的說法，和林憲同的講法頗有出入。

劉積溫跟我說，吳榮根在前一年曾和他妹妹劉積順結婚，後來雙方協議分手，但談好的分手費是三千萬元。其中，吳榮根已經付出了一千萬元現金，他之前也曾買了一輛轎車給劉積順，折抵五十萬元，所以還欠一千九百五十萬元。這些尚未付清的費用，就是本票上的數字。

好啦！現在，我手上有兩種說法了。據男方這邊的說法，分手費是一千萬元，這筆錢吳榮根已經十足給付，但還被訛詐了一千九百五十萬元的本票。而根據女方的說法，分手費是三千萬元，吳榮根還有一千九百五十萬元的債務還未履行，而吳榮根是想要賴帳，所以才會惡人先告狀，想要賴掉這筆債務。

這兩方的說法看來都有道理，我該相信誰呢？

其實，這次的採訪過程中，除了發掘出這場官司的爭執核心外，另一項重大的收獲，就是發現吳榮根竟然已經結婚了。

一名年輕又多金的反共義士竟然悄悄的結婚了，而且婚姻看來也不美滿，還灰頭土臉的分手，這故事可是夠八卦的了。

剛好，那時我有朋友在空軍總部服務，我心想，如果想要更進一步了解吳榮根的近況，最好的方法就是透過朋友去打聽。

當天，我和朋友取得了聯繫，也聽到了更多有關吳榮根的故事。

原來，吳榮根投奔自由來到台灣之後，他被派到空軍擔任情報官的工作。按照我方的慣例，從大陸地區駕機起義來歸的飛行員，終身都不能再飛行。這原因不問可知，因爲軍方很怕這些反共義士是假投誠，萬一又開了我方的軍機再飛回去，那可就糗大了。而吳榮根在大陸解放軍時期，駕駛的是偵察機，幹的是空軍情報工作，所以，軍方安排他到我方空軍幹情報官，一方面也算是讓他學以致用，二方面，也希望透過他曾經待過中共解放軍的背景，多多提供我方部隊一些有用的軍事情報。所以，換句話說，投誠的反共義士並不能像軍方宣傳廣告中所說的，能夠「投入反共的聖戰」，他們等於是被軍方不斷的榨取情報。這種工作，自然很苦悶。

所以，吳榮根自七十一年來到台灣之後，在部隊裡待了沒幾年，就打了一個報告，說想要繼續深造，軍方也不好反對，只好同意他參加考試。想不到，吳榮根也很爭氣，竟然考上了政戰學校政治研究所，並且在七十五年拿到了碩士學位。雖然，他的碩士論文題目很詭異，但口試時卻異常順利，高分過關。

我問朋友，吳榮根的碩士論文題目是什麼？他告訴我，是「領袖 蔣公空軍建軍思想之研究」。

我聽到這個題目，半天說不出話來。

朋友說，吳榮根拿到碩士學位之後，就在政戰學校擔任講師。這幾年來，他的花邊新聞不斷傳出，有好幾位年輕貌美的女性曾和吳榮根走得很近，但最後都在面臨婚姻問題時宣告分手。

朋友說，吳榮根不太懂得分手的藝術，幾次和女朋友分手，都鬧得很不愉快。為此，他還搬了好幾次家，而且也換過幾次家裡的電話號碼，希望能夠避開那些女孩子的糾纏。但沒想到，他最後還是栽在劉積順的手裡。

朋友很含蓄的告訴我：「你去追追看，吳榮根和那個女的是在哪裡認識的。你再去挖挖看，那個女孩子的出身，我想，一定很有趣的。」

他也告訴我，吳榮根和劉積順之間，算不算有婚姻關係，可能還有值得商榷的餘地。他解釋說，按照民法規定，結婚必須要有公開儀式，以及兩人以上的證人，才算發生效力。而軍人結婚，除了要符合民法上的規定外，還必須要呈報上級核准。據他所知，吳榮根和劉積順就算眞的曾經結婚，但吳榮根絕對沒有向上呈報，所以，這段婚姻是否有效，可能還有疑問呢！

「哇！」我驚呼一聲說：「如果吳榮根和劉積順之間並沒有婚約關係，那麼，他和劉積順分手，卻要付出一千萬或三千萬，那不是太貴了嗎？」

朋友笑著跟我說：「你現在才知道，有錢的人比較好騙嘛！」

吳榮根和劉積順之間有沒有婚姻關係？這倒是一個值得再深入追蹤的重點。第二天，我打電話給吳榮根，在電話裡，我們談了將近一小時。

前一天，我在台北地檢處已經遞過名片給吳榮根了，而且也向他要到了電話，所以，他知道我是誰。但他大概沒想到，我第二天就打電話給他。

電話一接通，我自報姓名之後，劈頭就問他：「你和劉積順之間眞的有結婚嗎？你們是怎麼認識的呢？」

吳榮根也不迴避，他源源本本的道出了一切。

他說，他是在七十五年的聖誕節認識劉積順的。當時，朋友約他一同到環亞百貨五樓的狄斯可舞廳跳舞，在舞廳中，擔任副理的劉積順主動搭訕，兩人因而相識。

之後，到了七十六年年初，劉積順打電話給他，說有一群朋友要去阿里山玩，邀他一同前往，沒想到，他到了山上之後，才發現只有他們兩人。

吳榮根不否認，他們兩人在山上發生了親密的關係，下山之後，兩人也開始交往。不久，劉積順就告訴吳榮根，說她懷孕了，而且要求要和吳榮根結婚。吳榮根說，原本，他也希望能夠和劉積順成親，可是，後來他發現劉積順的家人很厲害，一直向他提出房產、金錢等等方面的要求，他覺得有一種被坑的感覺，再加上他也擔心他的義父蔣仲苓可能會反對他和劉積順的婚事，所以決定作罷。

吳榮根說，到了五月下旬，劉積順和她的家人突然說要約他到台北市忠孝東路的「永福樓」餐廳吃飯。他一到場，發現對方的陣仗很大，包括劉積順的媽媽張桂卿、劉的大嫂陳粹媚、二嫂徐妙玢、張桂卿的前夫李春園，以及親戚平全英都到齊了。飯吃到一半時，張桂卿又提到結婚的事情，而且當場拿出兩份已經寫好了的結婚證書，要吳榮根在上面簽字。在壓力之下，吳榮根最後被迫簽了字，可是，他也要求女方不能公開這件事。一個月之後，他深深覺得後悔，再和劉積順以及劉的母親張桂卿談判，終於取得了一份離婚協議書。但爲了這份協議書，他也付出了龐大的代價。

我很訝異，爲什麼吳榮根會在簽下結婚證書一個月之後，又要求離婚。這裡面，是不是有什麼特殊的隱情呢？我問吳榮根，但他不願回答。

我問他離婚協議書在哪裡？他告訴我：「後來被劉積順偷走了。」

我沒想到他會說出這樣的答案。

我告訴他，這很麻煩。因爲，吳榮根的確親筆簽下了結婚證書，而且在場的人又那麼多，如果他們一口咬定，當天的確有公開儀式，以及兩人以上的證人，那麼，這場婚姻很可能會有效。他們兩人事後雖然簽下了離婚協議書，但照吳榮根的說法，卻又被劉積順偷走了，如果劉積順發個狠，把這份協議書給撕了，那麼，不就無從證明他們兩人已經協議離婚了？若是如此，吳榮根和劉積順之間，到底還算不算是夫妻呢？

在電話中，吳榮根嘆了一口氣。他說：「我也很頭痛呢！」

我問他，劉積順目前人在何方？他告訴我，劉積順已經跑到美國去念書了。

我又想到，吳榮根之前跟我說，劉積順已經懷孕的事情。我就再問他：「劉積順眞的懷孕了嗎？小孩子生下來了嗎？」

吳榮根斬釘截鐵的告訴我，他們之間並沒有生小孩。至於劉積順是不是眞的曾經懷孕過，吳榮根卻避而不談。

八月二十七日，我跑到景美劉積順的家裡採訪。我當然沒遇到劉積順，但是碰上了她媽媽張桂卿。我把前一天吳榮根告訴我的話轉述給張桂卿聽，並且問她有沒有什麼回應。

張桂卿很激動，她說，吳榮根的說法，很多地方都不實在。

她解釋給我聽。她說，吳榮根自己太花心，明明和劉積順要好，卻又交了別的女朋友，他始亂終棄，對劉積順來說，當然是很大的傷害。

張桂卿告訴我，去年四月，劉積順因爲覺得身體不舒服，到醫院檢查，才發現自己懷孕了。她去找吳榮根，問吳榮根要怎麼處理，但吳榮根卻左閃右避，不敢面對現實，所以，她只好先把結婚證書準備好，要吳榮根簽名。

她也說，劉積順在懷孕第十一周時，到日本旅遊，結果不愼動了胎氣，進而流產。這對一個年輕的女孩子來說，當然是一件很大的傷害。吳榮根和劉積順結婚了之後，卻又後悔，他既然不能給自己女兒幸福，做母親的，當然會要男方付一些道義上的賠償責任。

張桂卿也透露，吳榮根雖然在去年六月二十三日和劉積順協議分手，可是，第二天吳榮根又寫了一封文情並茂的情書給劉積順，從這裡就看得出來，吳榮根行事的風格果然是反反覆覆。

她還說，爲了捍衛女兒的名聲，她們已經聘請了知名的律師陳水扁全權代理女兒劉積順發言，而陳水扁也已經在整理相關的資料，預計在九月一日就要召開記者會說明，屆時眞相就會大白。

是的，在民國七十七年時，陳水扁還不是中華民國的總統。那時的他，嚴格來說，並不算是政界人物。我想，當時也一定作夢也沒有想過，有朝一日，他會成爲這個國家的領導人。

說到陳水扁從政的經歷，其實非常的短。民國七十年，他當選台北市議員，這是他步入政壇的開始。

七十四年底，他回台南縣參選縣長，不幸落敗。而他的妻子吳淑珍也在選舉結束後發生車禍，導致下半身癱瘓。

七十五年六月，陳水扁因爲涉及《蓬萊島雜誌》誹謗案，被馮滬祥控告後判刑八個月，並且入獄服刑。而他的妻子吳淑珍卻代夫出征，選上了立法委員。翌年二月，陳水扁出獄後，就擔任吳淑珍的特別助理。

民國七十八年，陳水扁高票當選立法委員，八十一年連任成功，八十三年選上台北市長，但八十七年競選連任時，敗在馬英九手下。不過，塞翁失馬，焉知非福？落選的陳水扁在一年多之後，參選總統，並在八十九年三月十八日擊敗對手連戰、宋楚瑜，成爲中華民國第十任總統，到了九十三年三月二十日，他再次以將近三萬票的差距，擊敗連戰、宋楚瑜聯手的挑戰，連任成功。

所以，在七十七年時，陳水扁剛好是他政治生涯中的空窗期。他一方面擔任當選立委的太太吳淑珍的助理，二方面也致力於他的「華夏海事商務法律事務所」的業務。這時的他，與其說他是政治人，倒不如說他是個法律人。

擔任律師的陳水扁，在司法界中是出了名的難纏，因爲他的點子特別多，而且，他對於訴訟的程序又非常了解，好幾次開庭時，他都當場引經據典，指摘法官犯規，搞得法官困擾不已。他願意替劉積順出頭，當然讓劉家士氣大振。而我們這群記者，也都密切的觀察，看陳水扁律師要如何出招。

果然，到了九月一日那天，陳水扁律師就通知我們這群記者，說他要替劉積順召開記者會，他有一些資料要公布出來。

接到了通知，我很快的就趕到了陳水扁的律師事務所。在他的辦公室裡，陳水扁很熱情的接待我們，而且拿出一疊已經影印好的資料，告訴我們說，這些東西都是劉積順親筆所寫，可以提供我們參考。

資料的第一部分，是劉積順的一篇越洋聲明。陳水扁說，這篇聲明是在美國的劉積順親筆寫下之後，傳眞給他，請他代爲公布的。

這份聲明的全文是手寫的，不是打字版，而且字跡還算絹秀，所以，很清楚的可以看出，那應該是出自於女孩子的手筆。

聲明的全文是這樣的：

我與吳榮根原本是一段美好的姻緣，不料到今日反目成仇，我並不怨恨吳榮根，但是我痛恨拆散我們的人——蔣仲苓，他的家人對吳榮根予取予求，認爲我與吳榮根的結合，是跟他們爭利益，我覺得吳榮根現在已經失去說眞話的自由，我了解他，我祈望蔣仲苓放了他吧！

關於三千萬是吳榮根自願給我的，因爲他眞的愛我，開本票是因爲他的定期存款到十一月才到期，不料這件事情被蔣家知道，認爲數目太大就反悔了。

我原本只是默默無聞的小女子，出自於老兵的家庭，我了解老兵的處境，現在法院審理中的一千兩百萬元本票，我願意在持票人勝訴拿到錢後，我個人捐獻新台幣一千兩百萬元整作返鄉基金，表示我與榮根對老兵的一點心意，祈望他們都能骨肉相聚。劉積順敬書。

一九八八、八、三十一於美國

看完了這篇聲明，我第一個反應就是「這女孩子好厲害」。爲什麼我會有這種感覺呢？因爲，在這篇短短的聲明中，劉積順把打擊目標對準了吳榮根的義父蔣仲苓，直指蔣才是拆散吳榮根和她的黑手，而蔣仲苓之所以反對他們交往的主因，正是爲了覬覦吳榮根龐大的財富。

對於吳榮根一再對外釋出「劉積順家人貪得無厭」的形象，在這篇聲明裡也刻意扭轉。劉積順表示，她的家人已經向法院提出民事訴訟，請法官裁定吳榮根開出的一千兩百萬元本票效力存在，但她強調她並不是貪圖吳榮根的財產，她只想要和吳榮根廝守在一起，因此，如果本票裁定爲有效票據之後，她會把這筆錢捐出來給老兵們，作爲返鄉基金。如此一來，不但可以證明她不愛錢，打破她是爲了錢才和吳榮根在一起的傳聞，而且，她把捐款的對象指向老兵，更有拉攏這些老榮民、退伍軍人的味道。

說實話，我不太相信這篇聲明的原始構想，是出自於一位年輕的女子，我強烈懷疑，劉積順的律師陳水扁躲在幕後操刀、獻策。不過，我抓不到證據，就算懷疑，也沒有辦法。

另外，陳水扁也公布一份吳榮根寫給劉積順的協議書。這份協議書的內容更勁爆。協議書的全文如下：

我和積順已有愛的結晶，本人予以承認，並對母子負全部責任。

一、本人願意和積順結婚，但是考慮到義父家那邊立場，希望小孩生產後，視義父家那邊情況，斟酌處理。

二、希望雙方予以保密，因爲考慮到我這邊立場，甚至影響雙方名譽，造成彼此無可彌補的傷害。

三、無論如何，我將無條件對小孩認養。

四、對於積順能結婚是唯一願望，如果實有困難，我還是會繼續愛她，而且也有責任照顧她。

五、希望積順家人也予以接受小孩，我會終生感謝不盡。

六、在小孩出生以前，對於任何人都不考慮婚姻問題。

吳榮根　七十六、四、二十八晚

從這份協議書裡，可以看出幾件事。第一、劉積順的確曾經懷孕過，不是騙人的。至少，吳榮根是如此相信的。第二、吳榮根曾經允諾要和劉積順結婚。第三、吳榮根的義父蔣仲苓在他們兩個人的世界裡，的確扮演了某種角色，否則，吳榮根不會要求劉積順要體諒「義父家那邊情況」。但是，蔣仲苓究竟爲什麼反對吳榮根和劉積順交往，從這份協議書裡卻看不出來。

我一邊看著資料，陳水扁一邊熱絡的招呼我們。他還從抽屜裡拿出一疊照片，告訴我們說，那是吳榮根和劉積順在去年初跑到阿里山、日月潭旅遊時所拍攝的。

我興味盎然的看著這一幀幀的相片，翻到其中一張時，陳水扁伸手指著相片說：「你們看，這張相片多有意思。」

這張相片是吳榮根和劉積順的合照，背景是一根涼亭的柱子，柱子上面刻著「願天下有情人都成爲眷屬」幾個字。

陳水扁解說，這張相片是在日月潭光華島上的涼亭裡拍的。他指著相片中那根柱子上的幾個字說：「如果他們之間的感情沒有到達一定的程度，是不可能選擇在這根柱子前面拍照的。」

我會意的點點頭。

接著，陳水扁又指著相片左下角的一座變電箱。他失笑說：「看到沒有？這座變電箱上面寫著『高壓電危險，請勿接近』。哎呀！男生和女生交往，有時候就是這樣，明明很相愛，很想在一起，可是，一旦在一起之後，又可能被電到！」

他的解說很有意思，我們這群記者聽了，都忍不住哈哈大笑。而這張相片，在陳水扁的強力推薦之下，第二天也成爲各報社新聞版面中的重點。

這天，我在陳水扁的律師事務所待了很久，他也跟我說了很多有關於劉積順與吳榮根之間的故事。我那時還太資淺，而陳水扁說故事的本事又不差，聽到後來，我頗有如獲至寶的感覺。晚上，回到報社發稿時，我竟然一發不可收拾，一個晚上就寫了一篇五千多字的專訪稿。

當然，這篇稿子一交出去後，上面的長官們都傻了眼。

採訪組長把我叫過去，他皺著眉頭看著我說：「立達，你這篇稿子寫得這麼長，要怎麼用呢？」

我承認，稿子的確寫得很長，不過，我覺得那天陳水扁所透露的內容都很精采，而且也都沒有見過報，是全新的內容。我跟組長爭取說：「這麼好的內容，不寫出來很可惜。」

他點點頭，但是又說：「可是，如果我們全文照登，那可能就要用掉半個版面的位置了。」

我嚇了一跳。當時，還是菜鳥的我，對於報紙一個版面能夠容納多少字數，並沒有概念。我知道我這篇稿子寫得很長，但我不知道如果刊出來，要占掉半個版。

他又說：「吳榮根緋聞案雖然好看，但還沒有重要到要用半個版來報導的程度。而且，你要知道，陳水扁這個人的黨派色彩很有問題。他雖然只是一個律師，但他長年以來都和政府在作對，按照我們報社的立場，可能不太適合把他說話的內容登得這麼大。我看，你還是把稿子拿回去再改一改吧！」

進到《中華日報》一個月，我已經知道，《中華日報》是屬於國民黨旗下的一家媒體。本來，我對於政黨辦媒體並沒有什麼太大的感覺，但這時，我卻深刻的感受到，原來黨營媒體所考量、所取捨的新聞，除了重要性與否之外，還有政黨色彩。

形勢比人強，我既然在《中華日報》任職，而且又是一名菜鳥記者，我自然沒有能力反抗長官的指示；同時，我也不得不承認，那篇稿子眞的寫得太長了。所以，我只好默默的把稿子帶回座位上，再拿起大筆猛刪猛砍，硬是把它縮到只剩下六百多字之後再交稿。

這段時間，兩家晚報競爭的也很激烈。

前面說過，《中晚》、《聯晚》這兩家晚報，是七十七年初才創刊的，吳榮根緋聞案爆發時，這兩家晚報成立才七個多月，正是在衝發行量的時候。所以，當這兩家報社的主管們一看到社會上爆發了吳榮根緋聞案，自然有一種見獵心喜的感覺。他們也都知道，如果能在報面上強化這則新聞的版面及內容，對於刺激發行量，一定會有幫助。

這麼一來，兩家晚報主跑司法新聞的記者，就非常辛苦了。

我還記得，當時《中晚》跑這則新聞的記者是黃堅，《聯晚》主跑的記者是徐履冰。在我眼中，他們都是非常資深的老記者，而且個個都有兩把刷子。事實上，他們的新聞也跑得眞不錯，每天都有獨家，讓我這個小後輩看得目眩神迷不已。

不過，新聞跑到後來，《中晚》和《聯晚》這兩家報社，卻出現了選邊站的情形。《中晚》的報導方向，很明顯的站在女方劉積順這一邊，而《聯晚》卻是吳榮根的強力捍衛者。

雙方的當事人以及律師，也都不是傻子，他們也看得懂這兩家媒體在打對台。所以，當吳榮根這一方有什麼想要對外宣布的消息，就會透過《聯晚》發表出來；至於《中晚》，則是有事沒事就報導一些有關於劉積順的哀怨心情故事。而這兩家報社的記者，在激烈的競爭環境下，相處的情形也勢同水火，甚至互不說話。

我記得很清楚。有一次，《聯晚》的記者徐履冰發完稿子之後，他拿出手提傳眞機，準備要把他的稿子傳回報社去，沒想到，他的機器卻故障了。

他試了好幾次，試得滿頭大汗，但機器就是不動，稿子就這麼靜靜的躺在傳眞機上走不了。最後，他只好憋著滿心的不悅，很低聲下氣的跟《中晚》記者黃堅說：「你的傳眞機能不能借我用？」

在民國七十七年那個時代，傳眞機還是一種很罕見的通訊傳輸機器，一般公家機關並沒有配備這項設備，所以，當《聯晚》的記者徐履冰手中的傳眞機故障時，他除了跟《中晚》的記者黃堅求援之外，別無他法。

沒想到，黃堅理都不理他，低著頭寫著自己的稿子。最後，徐履冰眼看著截稿時間一分一秒逼近，他無法可想，只好抓起桌上的電話，帶著怒意跟報社說：「靠！我的傳眞機故障了，稿子回不去。我用念的，你們那邊派個人錄稿吧！」

於是，這天《聯晚》的司法新聞就是靠著記者一個字一個字的報回去，報社那邊再派個人努力的抄錄著。這樣的場面，如今回想起來，也覺得有趣。

在激烈的競爭下，這兩家晚報偶爾也會出現一些充滿爭議性的報導。例如說，就在陳水扁開完記者會後，第二天，《聯合晚報》就用第一版非常大的版面，報導劉積順的母親張桂卿、兩個哥哥劉積溫、劉積恭的前科紀錄。

晚報中說，張桂卿曾犯有十七次的票據前科，劉積溫有一次殺人未遂前科，劉積恭則有一次恐嚇案前科。這樣的報導出現之後，自然引起劉家人強烈的反彈。

劉家人反彈，倒也罷了，那是情理之中的事；但是，《中晚》的記者黃堅也跟著反彈，那就很妙了。

晚報在下午出報，出報時，兩家晚報的記者都已經截稿，回家休息了。但是第二天，他們還是要碰面。

劉家前科資料曝光後的翌日，《中晚》記者黃堅一早到了台北地方法院記者室，看到《聯晚》記者徐履冰，不由分說，馬上破口大罵，連聲指責《聯晚》沒有新聞道德，把人家的隱私紀錄都拿來當成新聞炒作。他還警告徐履冰，如果《聯晚》再這麼挖人家的隱私，劉家的人很可能會採取法律行動。

徐履冰也是出了名的火爆浪子，他怎麼可能像個孫子一樣被黃堅罵？於是，他也立刻反擊。雙方吵到後來，徐履冰甚至還抄起一張椅子，作勢要砸到黃堅身上。在旁的其他新聞同業們一看苗頭不對，馬上衝上去把他們兩人拉開，才沒有發生打架事件。

由這件小事也可以知道，當時的新聞競爭有多麼的激烈了。

《聯晚》公布了劉家的前科紀錄，那還不算。他們又公布了一捲吳榮根和劉積順對話的錄音帶，證明劉家跟吳榮根要的賠償金是一千萬元，而不是他們對外所聲稱的三千萬元。

在這捲錄音帶中，吳榮根一開始就很憤怒的說：「當初明明協議以一千萬元分手，妳媽和哥都在場，現在爲什麼變成三倍，要三千萬？」

劉積順大笑說：「我身不由己呀！我想嫁給你嘛！」

吳榮根接著說：「妳說本票都撕掉了，撕掉就撕掉了，我也相信妳。」

劉積順說：「我當初是相信能和你結婚嘛！」

吳大怒說：「我現在臉都丟光了。」

劉積順仍是笑著說：「沒關係，我和你一齊丟臉好了。」

公布了錄音帶還不算，《聯晚》再接再厲，繼續出招。第二天，《聯晚》又用了斗大的篇幅報導，劉積順在和吳榮根交往之前，其實就已經有一名男朋友了。

《聯晚》報導說，劉積順是在七十五年的聖誕節結識吳榮根，但事實上，在這一年的光復節，在她工作的環亞狄斯可舞廳，劉積順就認識了一名公司的老闆，而且當晚便和這位商界鉅子發生關係。

《聯晚》說，之後，劉積順還曾經打電話給這名老闆，聲稱自己家裡沒有水電，就和這名老闆共宿於飯店。十二月初，她們兩人又三度發生關係。

事後，劉積順突然拿出她們兩人親密相處時的照片，要求這名老闆賠償。經過協商後，劉家同意把價碼由原本的兩百萬元，降爲一百萬，而這名男子則以四十萬元現金以及一輛愛快羅蜜歐轎車折抵，兩人才結束這段關係。

報導中說，吳榮根和劉積順交往之初，劉就告訴他，自己是完璧之身，而他們第一次發生性關係後，第二天起床時，吳榮根的確見到床上有「紅色血漬」，但他不能肯定這塊「血漬」代表什麼。

《聯晚》也訪問了一名台大醫院的婦產科醫生。據醫生說，以現有的醫學技術，「初夜落紅」並不能代表一定是處女，除了「修補手術」外，如果劉積順並非完璧之身，也可以在月事來潮的最後一天和吳榮根發生性關係，第二天也會在床上留下「血漬」的情形。

這篇報導的指控性非常強，除了凸顯出劉積順的男女關係複雜之外，也暗示劉積順曾經用坑過吳榮根的方法，坑過別的大戶。因此，晚報一出來，劉積順的律師陳水扁就像是被電到了一樣，暴跳如雷。他馬上召開記者會，強調劉積順和吳榮根交往時，眞的是處子之身，同時也表示，劉積順已經在愼重考慮要控告《聯合晚報》妨害名譽。

吳榮根這一方在律師林憲同的操作下，透過《聯合晚報》接連出招，把劉積順一家人打得快趴下來。劉積順的律師陳水扁自然不肯示弱。九月三日，《中時晚報》獨家報導吳榮根寫給劉積順的情書，果然又造成了轟動。

這封情書的內容如下：

親愛的胖妞：

老根、小根在想你，等著看見你！當老根早上睜開眼睛後，就不見了你的身影，你悄悄的離開了我，離開了我倆親眼看著裝潢好的仁愛路房子，讓我在家整整等了一天，心裡好難過。

胖妞，我知道你很愛我，爲了我你付出了一切，我將會永遠珍惜你對我的愛，然而，我眞的對不起你，內心感到非常的難過和痛苦，也對不起你們全家，良心非常之不安。

回想起半年以前，我們彼此剛認識時，是多麼的甜美和快樂，我對我們的將來也充滿了無比的信心。可是，事情的發生，並不是我們所能想像到的，後來都承受壓力，也使我感到非常的痛苦，雖然彼此在一起是很快樂的，但是，所面臨的痛苦和壓力遠大於快樂，這半年來，我眞的幾乎精神崩潰，情緒反覆無常，眞的非常痛苦。

今天我作的決定，也是在反覆考慮之下作出的，因爲我不敢去面對將來，心想，也許短暫的痛苦遠比長久的痛要好，因爲當我和你在一起時，心裡的壓力和各種陰影一直無法在我心裡克服。而我也一直想，你是一位賢妻良母型的女孩，對我也很體貼，而你以後對我的幫助，也可說是非常之大，可是我沒有這命來娶你，也可說是有緣無分。

胖妞，你眞是一位非常好之女孩，你是眞心誠意在愛我，我眞的對不起，也許我太狠心了，我也願意接受任何的指責。

胖妞，如從我內心來說，也是很愛你的。這半年來，我對妳無話不說，也許當我心情不好時，也會常常罵你，可是你要知道，我一直是把你當作自己人來對待，我已和你的心連在一起，我現在的心裡還是在愛著你。

我知道，你今天所面臨的痛苦，是無法想像的，我很同情你，眞的對不起你，我也希望你的諒解，了解我的處境。

胖妞，今天我在此信上發誓，我將永遠、永遠愛你，今天雖然我們彼此無法結合在一起，但是我的心永遠是你的，我將會永遠愛你，想念你，只要你在台灣一天，我一定會來找你。

今天晚上，我從你哥哥口中得知，你將不再見我，當我聽到這話後，心裡非常的難過，眼裡充滿了淚水。也許我們時常在一起感覺不出來，可是當眞的失去了你後，心裡是非常、非常的難過，從我內心感覺出，才使我眞的體會到我們彼此，是有感情的，我也是在愛你的。

胖妞，我希望能見到你，你也不要太狠了，請原諒我，今天雖然彼此不能結合，但是我要讓你永遠屬於我，老根、小根永遠等待你。我也一定會答應對你的承諾，每周都會常常來看你，也許這樣比我們常常在一起，或在仁愛路那裡，更快樂、甜美，因爲沒有壓力的情況下，我的心情也許會好些，也會對你更好。

胖妞，在此也請你對我以前，對你和你家裡的一切誤會，需要你的諒解，我相信你家人和你媽媽都是好人，只是愛女心切，也是爲了我們倆的好，所做出的一些衝動行爲，在這裡，我也會原諒的。

胖妞，老根、小根在想念你，希望你能體諒，讓我看看你，也希望能得到你的回音，相信我一句話，我將永遠愛著你，想念你！

老根　七十六年六月四日晚於景美

情書的內容很八卦，那也就算了。更讓人議論紛紛的，是信中的那一句「老根、小根在想你，等著看見你！」。在信的結尾，吳榮根署名爲「老根」，所以，「老根」指的自然就是他囉！那麼，「小根」指的又是什麼呢？

我們這一群記者每一次聊到這裡，都掩不住嘴角的偷笑。有一次，我實在忍不住了，明知故問的問吳榮根的律師林憲同：「林律師，吳榮根信裡寫的『老根、小根』指的是誰呀？」

林憲同被我這麼一問，話也說得不溜了。他期期艾艾，很困難的解釋說：「呃……呃……，『老根』、『小根』指的都是吳榮根啦！劉積順私下稱呼吳榮根時，有時叫他『老根』，有時候會叫他『小根』，那沒有什麼特別的意思啦！」

我聽完之後，故意裝作很狐疑的樣子，看著林憲同說：「眞的是這樣嗎？」

他窘得不知道該怎麼說，只好大力的拍著我的肩頭說：「哎！老弟呀，你就別問這麼多啦！哈！哈！哈！」

眼看著陳水扁拿出吳榮根情意綿綿的情書反擊，林憲同和吳榮根商量後，決定讓吳榮根站到媒體前面接受訪問。他認爲，劉積順躲在美國，不敢出面，但吳榮根坦蕩蕩的待在台灣，他如果能夠接受記者訪問，說清楚和劉積順交往的過程，對劉家一定有很大的殺傷力。

於是，在情書公布後翌日，吳榮根被推到檯面了。

這一天，我和吳榮根又聊了一個多小時。

我問他，看到自己寫給劉積順的情書被公諸於世，心裡的感受如何？

他很難過的說：「我不知道她會用這種方法對我。當初是劉積順的哥哥告訴我，說她不再見我了，而且心裡很痛苦，說要割腕，我要求劉積恭帶我去見她，劉積恭又不肯，要我寫信去安慰她，所以我就寫了。那時，劉積順的心情不好，我當然要安慰她，總不能再指責她不對吧！結果，沒想到她們竟然公開這封信，實在很過分。從事情發生到現在，我一直念著我們以前有一段感情，從來沒打算告她，她今天卻用這種方法來打擊我。如果當初知道她會這麼做，我是怎樣也不會寫信給她的。」

我問：「你寫過幾封信給劉積順？」

他說：「兩封。這是第一封，就是我們說要分手以後第二天寫的。過兩天，我又寫了一封。」

我問：「劉小姐有沒有回信給你？」

吳說：「有。她回過一封。」

這下子，我有興趣了。我問他：「你打不打算也公開呢？」

他搖搖頭：「我覺得沒有這個必要。但是我寫給劉積順的兩封信，林律師現在手邊也都有。因爲去年八月，劉的媽媽就帶著這兩封信去找空總，空總又影印給我。如果有必要，我會先公布第二封我寫給她的，不讓她慢慢來打擊我。」

我問他：「當初你和劉積順交往時，你義父家裡很反對嗎？」

吳說：「也不是。我帶女孩子回家，家裡的人品頭論足一番是一定會的。義父是沒說什麼，但我義兄和嫂子是說了一些。大概是說什麼『那個女孩子很厲害，你大概會應付不來』

之類的話。」

我問：「你聽了之後有什麼感想？」

吳說：「或許是我個性比較內向，又比較尊重家裡，所以家裡的人說幾句話，我就會一直掛在心上，覺得有壓力，而且壓力愈來愈重。當然，後來我也發現劉積順自己本身也是有一點問題，所以最後才會分手。可是分了手，信卻不能寫得太絕，對不對？否則，她眞的自殺了，怎麼辦？」

我追問：「你說劉積順有一點問題，是什麼意思？」

他沉默了一會兒，沒有回答我。

我繼續問：「家裡只說了那幾句話，你就這麼在意嗎？」

吳說：「眞的！這一點你可以強調！當然，分手的原因很多，家裡也有點意見。別人可能不會太計較家裡講些什麼，但是我本身卻對家裡講的話看得很重，所以就會有很大的壓力。可是，既然分手了，她又很難過，我信裡面只好寫得親熱一點啦！你也看得出來，我對她一直很好，可是，她是怎麼對我的？騙了我的本票，說撕掉了又沒撕，還交給她的家人向我要錢。現在打官司了，她又公布這封信。如果這封信和官司有關係，那就算了，問題是，和官司一點關係也沒有，她還不是在騙我嗎？早知道我就不寫信給她了。她這樣子做，等於是在讓人家看笑話，看小說嘛！她眞的要提供，只要告訴別人一點重點就可以了嘛！幹嘛整封信都公開？太不夠意思了！」

眼看吳榮根愈說愈激動，我連忙安慰他。但又忍不住再問：「那麼，你覺得她從一開始就在騙你了？」

吳榮根苦笑著說：「這……只能怪我眼睛不亮了。」

我想到一個重點：「報紙上說，劉積順在認識你之前，曾和另外一個男人發生關係，是不是有這麼一回事？」

他想了一下子，說：「我不知道。劉積順一直說，我是她第一個男朋友。而且……發生那件事之後，第二天我眞的看到床上有……『血漬』……我不知道……那能代表什麼？」

我問：「你覺得她像不像第一次談戀愛的人？」

吳榮根有點遲疑，他想了一會兒之後才說：「不清楚。但是我家人都覺得她不太實在。你想，她從銘傳商專五專畢業才一年，就拿到美國的電腦碩士……不，還沒滿一年呢！五專畢業才等於大二的學歷，她出國難道不要再補修學分？怎麼會這麼快？你可以查查她是念哪一所大學，我自己也覺得很懷疑。」

我把吳榮根受訪的內容刊在報紙上，第二天，劉積順的律師陳水扁就找我過去。

陳水扁說，吳榮根說的沒錯，劉積順手上的確有兩封吳榮根寫給她的情書，而之前會公布第一封，完全是因爲《聯合晚報》誣指劉積順在認識吳榮根之前，就已經失身於某富商。

陳水扁拉高聲音說：「文字會說話。只要看看這封情書，讀者就不難發現劉積順和吳榮根之間的關係。」

他還強調：「只要吳榮根不亂講話，我們也不會去主動打擊他。」

對於吳榮根質疑劉積順的碩士學歷，陳水扁信心滿滿的說，劉積順的學歷絕對沒有問題，如果社會大眾要追究，他可以提出證明來。但他覺得，這和本案無關，似乎不必要節外生枝。

陳水扁那一句警告，「只要吳榮根不亂講話，我們也不會去主動打擊他」，不知道有沒有讓吳榮根嚇得閉口不言，但至少，這句充滿挑釁的話，惹惱了律師林憲同。

九月五日，林憲同代理吳榮根發出一份律師函給陳水扁，警告陳水扁不要玩得太過頭。律師函中有這麼幾段措辭嚴厲的話：「近閱報載得知，陳大律師除了向報界指稱榮根『並無婚姻自由』、『閒談之中有涉及敏感的軍事或政治話題』外，更將本人與劉小姐交往期間互相往來之書信、文件、照片、錄音帶或其他之相關物品，未經榮根之同意，提供報章、雜誌刊載，或對外界傳述其內容，甚或不先查明事理，將本案相關爭執事理，全然歸咎榮根之尊長，推波助瀾，橫生枝節，竟然全由陳大律師一手導演造成。按：劉小姐並非本案之民事程序或刑事程序之當事人，陳大律師亦非本案訴訟程序中之民事訴訟代理人或刑事辯護人。陳大律師與劉小姐對於本案案情有關事項，核情自屬不宜妄加評論，以免誤導社會視聽影響法院之判決。更有甚者，未經本人同意之錄音，已屬人格權之侵害；而將本人交付劉小姐之書信、文件、照片、或其他相關物品，未經本人同意而在訴訟之程序以外之場合，擅自予以公開或傳述，均屬對本人人格權中名譽、肖像等個人隱私權之侵害，依民法第十八條之規定，本人自得請求法律之保護。」

陳水扁收到這封律師信，也不甘示弱。他告訴我，相片既然已屬於劉積順所有，在劉積順授意之下，他當然可以公開。所以，這樣的行爲完全合法，而且和吳榮根的隱私權毫不相干。

對於林憲同之前曾經跟我說：「如果吳榮根是你哥哥，你會願意他娶到劉積順這種女人嗎？」陳水扁也反擊說：「如果劉積順是你妹妹，你會願意她嫁給吳榮根這種男人嗎？」

這兩名律師隔空交火，打得似乎比男女主角更精采。不過，精采歸精采，問題的眞相還是沒有釐清。到底，吳榮根和劉積順之間的分手協議，價碼是三千萬元，還是一千萬元呢？如果是三千萬元，那麼，劉家的說法就是眞的，吳榮根是事後反悔，所以誣告劉家的人；但如果是一千萬元，那麼，劉家顯然就是一個龐大的詐騙集團，一家人共同訛了吳榮根這個大凱子。可是，從兩名律師的交鋒中，我看不到眞相。

這一天的《中時晚報》上，又有更勁爆的報導。《中晚》幾乎用了整個第三版，獨家刊出了劉積順日記。這些日記的內容中，包括劉積順自述她和吳榮根戀愛的過程中受到壓力的經過，以及她到日本旅遊時不愼動了胎氣流產的過程。

看起來，劉積順的文筆相當好，幾篇日記讀來，可以說是字字血淚。在事實眞相未明之前，這些日記的曝光，對劉積順來說，當然會有加分的作用。

不過，吳榮根的律師林憲同卻對日記的內容質疑。他在接受我訪問時說：「事後僞造日記的本領，大家都會。除非劉家拿出全部日記的原件來，否則，我不相信這是眞的。」

這天下午，台北地檢處第二次開庭偵查吳榮根緋聞案。男女主角都沒有出庭，在庭上炮火相向的，是他們兩人的律師林憲同以及陳水扁。這眞是一場代理人的戰爭。

庭訊進行到下午三點五十分結束，檢察官洪威華聽完雙方的陳述後，諭令雙方擇期再度開庭，之後，他就宣布退庭休息。

大夥兒都散去了以後，洪威華檢察官卻沒有眞的去休息。他悄悄的帶著書記官，搭上公務車，直奔景美劉積順的家中。

在那個時代，刑事訴訟法還沒有修正，檢察官擁有搜索權，不像現在必須經過法官的核准。

退了庭之後，洪威華殺到劉積順家裡，同時也調來警方人員，馬上動手搜索劉積順的房子。

兵貴神速。這次出奇不意的搜索，果然大有斬獲。在劉積順家中，檢察官查扣了十九捲的錄音帶，以及大批書信文件。這些證據顯示，吳榮根和劉積順之間的感情糾紛，還牽涉到第三者。同時，更勁爆的是，劉家所公開的「劉積順日記」，竟然只是劉積順從美國傳眞回來的筆記。而在這些傳眞筆記之外，還有一份是由劉家所寫的草稿。換句話說，在報章上所刊出的所謂「劉積順日記」，並不是眞的從她的日記中摘出片段內容後刊出，而是由劉家的人先在紙上寫好草稿，傳到美國給劉積順，再由劉積順謄寫過後，再傳回劉家。

這代表什麼意思呢？莫非，「劉積順日記」根本就是事後僞造的？如果說，日記是僞造的，那麼，其他的部分是不是也有相同的可疑性？在這件案子中，比較可信的，會不會是吳榮根？劉家的人有沒有可能是個集體詐騙集團？

隔了兩天，我猜想，檢察官應該已經消化過這些被查扣的證據了。於是，我就跑去問檢察官，看看他在過濾過這些資料後，有沒有什麼新發現。

洪威華檢察官告訴我，他聽過那十九捲錄音帶，可是，他覺得錄音帶的內容，並沒有如外傳般的敏感，對於案情的幫助並不大，倒是書面的資料，對案情的突破頗有幫助。

我問他，怎麼會想到這麼妙的招數，趁著開完庭後衝到劉家去搜索？

洪檢察官一臉無辜的說，這件案子自從進入司法程序之後，他每天就看到報章上寫了一篇又一篇的內幕消息，可是，這些資料從來沒有送到他手中過。他爲了能對案情有進一步的了解，所以才會採用「緊急搜索」的方式，到劉家去查扣這些證物。

檢察官的說法看似輕描淡寫，但我知道，能夠想到這一招的人，絕非簡單的人物。後來，我才知道，洪威華檢察官原本是調查局的調查員，他因爲工作表現非常突出，所以獲准到司法官訓練所接受訓練，受訓完畢後，他考上了司法官，才轉到地檢處工作。也因此，他的辦案風格和一般的檢察官不同。其他「學院派」的檢察官們，大多只是靜靜的坐在辦公室裡辦案，對於外界所發生的各種事務，常常有很大的隔閡；但洪威華不同，他之前是調查員，有著很扎實的辦案經驗，所以，當他成爲檢察官之後，他就會以主動出擊的方式去蒐集證據，因此，他所掌握的案情，一定比其他的檢察官更多。

我在想，這件案子幸虧是落到洪威華的手中，如果是由其他的檢察官偵辦，可能辦了半天，還搞不清楚哪一方說的是眞話，哪一方是滿口謊言。

不過，對於劉積順日記的眞僞，我還是有很興趣想要探究一番。於是，我又再度走訪了劉家。

這一次，我遇到了劉積順二哥劉積恭的同居人徐妙玢。

我問她：「根據檢察官的說法，他從你們家裡搜出的文件中發現，你們先寫了一份草稿傳眞到美國，再由劉積順重新繕寫過再傳回來對外公布，也就是事後大家所說的『劉積順日記』。對於這一點，你有什麼話說呢？」

她辯解說：「日記絕對是眞的。當初，積順的日記還留在台北時，我們是從中抄了幾段，傳給積順，要她重新謄過，再傳回來。因爲日記裡面有些事情和這件案子無關，我們認爲沒有必要全部公布，怕牽扯到其他人。而且公布積順親筆寫的文件，比較有公信力，所以我們才會這麼做。」

我問：「那麼，日記的原稿呢？」

她推說：「前幾天，有一個朋友去美國，我們已經託他帶去給積順了。」

這樣的說法有些牽強。

我再問她：「你們如果拿不出劉積順的日記原稿，如果檢察官再次開庭，不會對你們很不利嗎？」

她倒是表現得很坦然：「我們還是抱著平常心吧！反正，我們又沒有做壞事。而且，檢方從我們家搜走了那些證據，對我們來說，並不會有不利的影響。『清者自清，濁者自濁』嘛！」

是不是眞的能「清者自清，濁者自濁」呢？我不知道。但是，吳榮根的律師林憲同顯然無法再忍受劉家的人一再出招，一再把吳榮根和劉積順交往時的書信對外公開的行爲。他緊急向台北地方法院遞了一份狀子，聲請禁止陳水扁及劉積順再將吳、劉兩人對談的錄音帶、相片、情書出示散布。法院也裁定准許假處分。

林憲同這一招，也惹惱了陳水扁。他獲悉法院裁定准許假處分之後，馬上發表一份聲明，抗議林憲同的訴訟動作。

陳水扁在聲明中說：人民有知的權利，這種基本人權是不容剝奪的。劉積順爲了反駁澄清不實說法，提出書證文件以實其說，有何不可？而吳榮根的言行既已存在，同時可受公評，豈是一句「隱私權」便能封住？他最後說，即使假處分能封住劉積順及其律師之口，也不可能封住任何持有錄音帶及文件之第三人的口，更不可能封住代表人民爭取知的權利的輿論界之口。

我打電話問吳榮根，看看他對於陳水扁的聲明有什麼回應。一如我所料，吳榮根很坦白的告訴我，他對於「假處分」是個什麼玩意，完全搞不懂，這一切都是他的律師林憲同出的主意。至於假處分之後，是否眞能保障他的隱私權，他說，他也沒有把握。

林憲同律師呢？他的反應又是如何？

對於陳水扁的聲明，林憲同以「可笑、無稽」回應。他說，他替吳榮根聲請假處分，不是爲了怕敏感的錄音帶曝光，而是不想再讓女方繼續侵害吳榮根的隱私權。而且，義士拿獎金和私生活被公開，這是兩碼子的事，根本不能混爲一談。他還說，等到吳榮根的案子告一段落，他還要爲陳水扁侵害吳榮根隱私權一事提出告訴。

看！這兩位律師搶戲搶得多凶呀！

但這還不算。這戲，律師還沒搶完呢！

拿到假處分之後，九月十九日上午十點鐘，林憲同律師在台北地方法院執行人員的陪同下，得意洋洋的殺到台北市南京東路陳水扁的律師事務所，打算把假處分的裁定書送達給陳水扁。這行爲，簡直是踢館了。

可是，陳水扁也不是省油的燈。當一行人浩浩蕩蕩的衝到陳水扁的「華夏海商法律事務所」後，陳水扁一開始先裝傻，他拒絕收下裁定書。

他說，他不認識林憲同以及法院人員，懷疑對方可能是冒充的騙子。

這話當然站不住腳。就算陳水扁之前眞的不認識林憲同吧，至少，在吳榮根這場官司開打後，他們兩人也同台較勁過好幾次，怎麼可能不知道對方是眞的假的呢？更何況，林憲同之前也曾經當選過台南縣議會副議長，也算是政界裡有頭有臉的人物，陳水扁怎麼可能不認識他？

看到陳水扁裝傻，林憲同也高聲的說，如果陳水扁認爲他們是假冒的公務員，那麼，何不請管區警員將他們逮捕呢？

陳水扁眼看賴不掉，接著又說，他要去開會了，沒有時間簽收法院的裁定書。說完，他就馬上離開現場。

陳水扁雖然走開了，但林憲同還不肯離去。他要求法院的執行人員在筆錄上記明，陳水扁拒絕收受法院裁定書，然後再以「留置送達」的方式，把裁定書放在陳水扁的桌上後，才心滿意足的回去。

到了十月間，吳榮根又翻出了一捲重要的錄音帶，並且透過律師林憲同，把帶子交給台北地檢處承辦檢察官洪威華。我知道了這個消息後，馬上打電話給吳榮根。

我問他：「你請律師交給檢察官的錄音帶是什麼時候錄的？」

他說：「這捲帶子，是去年十一月九日下午七、八點左右，我和劉積順最後一次見面時錄的。那一次，我們在台北市仁愛路的四季西餐廳談判，我爲了要留下證據，所以偷偷的錄了音。」

我問：「帶子的內容大概是什麼？」

他說：「那一天，劉積順還是說要跟我結婚，而且說願意放棄那一千九百五十萬元的本票。她跟我說，她可以請她媽媽先開一千九百五十萬元的本票給我，等到我們公開結婚的那一天，再相互把本票換回來。」

我問：「那麼，你答應了沒有？」

吳說：「怎麼可能？她媽媽就算願意開出那些本票，但是，她有那麼多的存款嗎？這很明顯的又是在騙我嘛！而且，如果我們結婚了，她媽媽不把我開的本票還給我，我要怎麼辦？到了那時候，她媽媽就是我的丈母娘，要告就更不好告了。」

我問：「那你怎麼跟她說？」

吳說：「我說，如果她眞的有誠意，就現在把本票還給我。她說不可能。我說，『妳是不是打算和我結婚後再離婚，再向我要贍養費？』她沒有說話。」

我再問：「還說了些什麼嗎？」

吳說：「有！她承認她搬離仁愛路我家時，曾和她媽媽偷走我兩箱洋酒和兩個水晶燈上的水晶球。我要她還我，但她說不知道放到哪裡去了。其實，單單憑她偷酒的行爲，我就可以告她竊盜了，但我想這是小事，就算了。」

我問：「劉積順有沒有承認些什麼重要的事情？」

吳說：「她承認我們之間有協議書，但是她說她已經撕掉了。我不相信。我說：『妳上次騙我說本票撕了，結果也沒有，妳現在說協議書撕掉了，我怎麼能相信？』劉積順還說了一件很重要的事，她承認不該騙我本票，願意向我道歉，我說，『義父早就表明不干涉我們的事，妳爲何還對外面說是我義父從中阻撓？』」

我問：「她怎麼說？」

吳說：「她說，她願意向我義父公開道歉。我說，叫她把這段話寫下來，她要我不要爲難她。她又說，如果我願意和她結婚，她會帶她媽媽到空軍總部公開道歉。」

我問：「你同意嗎？」

吳說：「當然不可能！我怕死她了。」

我又問：「你爲什麼會想到要錄她的音？」

吳說：「我想，我手中都沒有證據，所以只好趁這個機會錄個音存證。不過，那天她很老實，承認本票是騙來的，也承認有協議書，也說不該誣賴我義父。這一捲錄音帶是證明她詐欺最好的證據。」

聽到這段話，我覺得吳榮根和劉積順之間，眞的已經到了恩斷義絕的地步了。我很好奇他們兩個人之間還有沒有互動。

於是，我再問他：「劉積順後來有沒有再和你聯絡？」

吳說：「有！上上個禮拜，她從美國打電話來，問我好不好？」

我問：「你怎麼說？」

吳說：「我罵她是騙子，還有臉問我好不好？是不是還想再錄我的音？她說，她從來沒有錄過我的音。我就問她，那十幾捲錄音帶是怎麼回事？她只是笑。我一氣就把電話掛了。」

劉積順問吳榮根過得好不好，吳榮根不回答，於是，我也再問了一遍：「最近過得好不好？」

他說：「還不錯。我的心情已經漸漸的平靜下來了。我相信法官會給我一個公正的判決的，我有信心打贏官司。」

吳榮根的直覺沒有錯。台北地檢處在偵查後，認爲吳榮根這一方是被害人，劉積順一家人是個集體詐騙集團，因此以詐欺罪嫌，把劉家七口人都提起了公訴。

這七名被起訴的被告是：劉積順、劉積溫、劉積恭、張桂卿、徐妙玢、陳粹眉、李春園。這其中，劉積順原本並沒有被吳榮根控告，不過，檢察官認爲，劉家人既然是集體詐騙吳榮根，劉積順自然也是共犯之一。雖然吳榮根自稱顧念舊情，不願告劉積順，可是，詐欺罪是屬於非告訴乃論之罪，即使吳榮根不告，但檢察官認定她是共犯，一樣可以起訴。

在檢察官的起訴書中，對於吳榮根和劉積順之間的賠償金，究竟是三千萬元，亦或是一千萬元，有了明確的認定。

檢察官認爲，原來，在七十六年六月二十日那天，吳榮根第一次和劉積順的家人協商分手及賠償費等問題。在那次的協談中，一開始，吳榮根只打算給劉積順四百五十萬元，但經不起女方一再要求，吳榮根最後答應提高到八百五十萬元。

金額談攏了之後，吳榮根就當場拿出一百四十五兩黃金，折算成現金兩百五十萬元，剩下不足額的部分，由吳榮根開出本票抵付。

於是，吳榮根開出兩張面額共六百萬元的大張本票給劉積順的母親張桂卿，可是，張桂卿認爲，大本票即是一般民間所稱的「玩具本票」，並沒有法律上的支付效力，因此要求吳榮根重新再開本票。

吳榮根不疑有他，再開出了三張小本票，面額當然也是六百萬元。

按照道理來說，張桂卿既然認爲大本票是無效票據，而吳榮根也依照她的要求改開了三張小本票，那麼，原本那兩張大本票就應該交還給吳榮根，或是當場撕毀，可是，沒想到張桂卿卻把這兩大三小一共五張本票全都收到口袋裡帶走了。

到了六月二十三日，吳榮根看到張桂卿、劉積順母女收了錢之後，還是沒有搬出去，於是又再跟她們進行第二次協議。這一次，女方要求的價碼更高，她們推翻前一次所說的八百五十萬元的價碼，她們這次要求的金額是一千萬元。

單純的吳榮根於是又開了兩張本票，面額分別是三百萬、四百五十萬，合計是七百五十萬元。連同之前給的黃金折抵兩百五十萬元，共湊成了一千萬元之數。

可是，別忘了，吳榮根在三天之前不是才開出兩大、三小面額一共是一千兩百萬元的本票嗎？這五張本票該怎麼處理呢？

張桂卿告訴吳榮根，前一次的五張本票，大本票沒有法律效力，領不到錢，等於是廢紙；至於三張小本票，因爲吳榮根只有簽名，沒有蓋章，也沒有法律上的效力。不過，爲了避免吳榮根擔心，她回家後會把這五張本票都撕掉，所以也都不算數。吳榮根也信以爲眞。

事實上，在法庭上，並沒有大本票是無效票據的說法，也沒有規定本票上一定要蓋章，因此，張桂卿此舉，等於是誆了吳榮根一記，讓他重複開出本票。所以，在張桂卿手上，一共有七張本票，第一批是兩張大本票，面額合計六百萬；第二批是三張小本票，面額合計也是六百萬；第三批是兩張小本票，面額合計七百五十萬。這七張本票加起來，總共是一千九百五十萬元。

因此，也就是說，吳榮根本意上，是要給劉積順一千萬元的。可是，劉積順和她媽媽張桂卿貪得無厭，想要拿得更多，所以才用了一些詭計，騙了吳榮根多開了那麼多張的本票。

至於劉積順有沒有懷了吳榮根的孩子這件事呢？檢察官調查後也發現，劉積順的確曾經懷過吳榮根的孩子，吳榮根也因如此，才會被迫在結婚證書上簽字。可是，到了七十六年六月初，劉積順藉口說要出國散心，卻偷偷跑到日本飯島醫院去做人工流產手術，事後，她卻謊稱是旅遊時動了胎氣而流產。吳榮根還不疑有他，為此自責不已。

那麼，所謂的「劉積順日記」到底是眞的還是假的呢？檢察官也查出，根本沒有所謂的「劉積順日記」。那些見諸於報端的日記內容，是由劉積順哥哥先擬好草稿，傳眞到美國，讓劉積順謄過再傳回來，然後交給報社發表。如此一來，報社看到這些稿子上的字跡是劉積順的筆跡，就會以爲那是眞的日記的內容了。

到此，這場官司算是告一個段落了。可以說，吳榮根這方是大獲全勝。

擔任吳榮根律師的林憲同，自然神氣得不得了。可是，我憑良心說一句實在話，吳榮根之所以能夠打贏這場官司，靠的並不是他的律師林憲同，而是檢察官洪威華。我想，如果不是洪威華當時使了一招回馬槍，在開完庭後衝去搜索劉積順的家，或許還不能發現這些眞相。

這場官司後來的結局如何呢？說來也很妙，整件官司中，七名被告竟然沒有任何一個人被關起來，也沒有任何一個人被判有罪呢！

怎麼回事呢？

原來，當劉家的人發現他們被檢察官起訴之後，他們就趁大家不注意之際，全家一舉都搬到美國去了。

可憐的法官不知道有這一段，還以爲眾被告們都還窩在國內，他按照規定發出傳票，傳喚劉家的這群被告們出庭，當然是屢傳不到囉！

到了七十八年六月十三日，法官終於查出來，這群被告都跑了，於是，他下令發出通緝令，通緝的時效到九十年八月十一日止。

到了通緝時效完成之後，劉家的七名被告仍然沒有回國，可是，這時已經超過了追訴期，台北地院的法官只好作出「免訴」的判決，把這件官司給了結了。

好玩的是，法官作出免訴判決時，當年擔任劉積順律師的陳水扁，已經貴爲中華民國總統了。我不知道陳水扁有沒有持續關注這件案子，也不清楚他知不知道他的被告已經躲過了牢獄之災，他如果知道，不曉得會有什麼反應呢！

吳榮根呢？好久沒有他的消息了。根據資料顯示，他在劉積順等眾被告被法院通緝了之後，重新展開新生活，也交了新的女朋友。民國七十九年，他和一位在語文訓練中心服務的女孩子范姜月惠完婚，幾年之後，他申請退役，目前已經移民美國。

吳榮根可不可能在美國碰上劉積順呢？如果遇上了，他們之間又會有什麼樣的互動呢？這一切的一切，都只能留給大家去想像了。

签 注
阿達新聞檔案
之
施小寧檔案

台灣社會的外籍新娘人數是愈來愈多了。根據行政院的資料顯示，截至民國九十二年，嫁入台灣的外籍新娘人數，已經接近二十五萬人。而衛生署的統計資料中也可以看出，民國九十一年在台灣出生的每一百名新生兒當中，就有八人是由外籍新娘所生，另有四人的母親是大陸新娘。換句話說，如果這樣的趨勢不變，再過個二十年，你就會發現，每八名年輕人當中，就有一個人是所謂的「混血兒」。新台灣之子的樣貌，正在快速的改變之中。

這二十五萬人之中，大陸新娘所占的比例不低。如果再仔細分析，又可以把這群大陸新娘分爲三類。其中一類，是屬於自由戀愛而結婚的；第二類，是通常被學者們稱之爲「經濟型」婚姻的，白話一點說，就是所謂「買賣型」婚姻；第三類，則是警政單位最爲頭痛的假結婚。這類的大陸新娘，來到台灣之後，目的根本不是成親，而是爲了打工，更多的人是爲了賣淫。

一竿子打翻一條船，當然不對。可是，入出境管理局很難從大陸新娘的入境資料中，一眼看出她們是屬於哪一類的婚姻，也因此，對於她們申請來台依親，審查作業自然就更加嚴格。很多明媒正娶的台灣新郎，時常抱怨政府歧視大陸新娘，把她們都當成抱著特殊目的來台灣掏金的女人。不過，有時候我也會想，比起民國七、八十年，政府現在對於大陸新娘的處理方式，要人道得多了。以前，發生在兩岸之間的夫妻悲劇，那才眞的多呢！我隨便翻翻資料，就能舉出一籮筐來。

印象中，讓我最感到無奈的新聞，有兩件。

第一件的女主角，名叫劉靚。

劉靚是四川重慶人。民國七十七年時，她才十七歲。那一年，她遇到了一名到重慶探親的台灣男人王顏雲，雖然，王顏雲的年紀足足大了她十四歲，但是兩個人很快就墜入了愛河，並且論及了婚嫁。

可是，依照大陸的法律規定，女子未滿二十歲，不能申報結婚。王顏雲和劉靚私訂終身，但是無法取得結婚證明。

此後兩年內，王顏雲七度到大陸探親，努力爭取和妻子相聚的時間。但長久分離之後的相聚，卻使得再次的分離變得更加的痛苦，旅途上的舟車勞頓，王顏雲還能承受，但兩地相思，卻讓王顏雲和他的妻子劉靚無法忍受。到了七十九年，王顏雲終於下定決心，他要把他的妻子接來台灣，夫妻倆決心要團聚在一起。

把大陸新娘帶回台灣，這種事，說的比做的容易，眞到了要實行的時候，王顏雲才發現問題重重。原來，那時的法令，還不准台灣新郎把他們的大陸媳婦帶回台灣來。

怎麼辦呢？既然法律不能讓他們夫妻團聚，那麼，他們只好鋌而走險，以體制外、法律外的方式自力救濟了。

七十九年十月，王顏雲透過關係，找到了一艘經常往返台海兩地的大陸漁船。船老大平常就常幹些接運大陸偷渡客的勾當，他聽到了王顏雲的故事後，很氣魄的拍著胸脯說，願意成全他們的好事。王顏雲大喜，立刻掏出兩千塊人民幣當作船資，之後，他馬上飛到重慶，把妻子劉靚接到福建平潭，等待上船。安排妥當之後，他又馬上飛回台灣，在碼頭旁等著妻子來到。

不料，到了約定的時間之後，王顏雲左等右等，就是盼不到佳人的芳蹤。又急又怒的王顏雲不知道出了什麼狀況，他只好四下打聽。這時，他才知道他的妻子竟然被大陸偷渡集團給放鴿子。原來，那個外表看來頗有義氣的船老大，收錢不辦事，拿了他的兩千元人民幣之後，竟然就跑路了。

可是，王顏雲不想放棄。

十二月二十九日，他又再次到大陸。這次，他花了兩千五百元人民幣找船。一切都安排好了，王顏雲決定要親眼看著妻子上船之後，他才離開。

沒想到，這艘漁船正要出發時，船上的發動機卻又故障，動彈不得。這次的偷渡，又功敗垂成。

看著妻子一臉失望的表情，王顏雲咬了咬牙，他決定要再試一次，而且，這次他要跟妻子一道兒偷渡回來台灣。

十二月三十日，他以四千元人民幣買了兩個船位，陪著妻子登上另一艘大陸漁船。在海上漂流了三十多個小時後，在八十年元旦凌晨五點多，抵達台北縣瑞芳鎮瑞濱公路附近的海岸。

看到台灣的陸地就在眼前，王顏雲心中當然有說不出的雀躍。可是，好運似乎很難降臨到王顏雲夫婦身上。漁船還沒靠岸，旁邊就突然竄出一艘海軍的艦艇，一群荷槍實彈的海軍官兵大聲吆喝，斥令這艘大陸漁船停俥受檢，船老大嚇得驚慌失措，只好乖乖把船停在海上。海軍登上漁船，四下搜尋，果然在船艙裡查到王顏雲和劉靚要偷渡上岸。劉靚是大陸人，她的行爲百分之百屬於偷渡，海軍也不由分說，馬上把她送到新竹靖廬等待遣返；而王顏雲因爲有台灣的身分證，但又未經合法程序申請入境，所以被送到台北地檢署偵辦。

這件案子送到檢察官手上後，檢察官開庭偵訊，問明緣由，得知王顏雲是爲了要護送妻子來台灣，所以才會選擇偷渡方式入境。對於王顏雲夫婦的遭遇，檢察官也很同情。依照軍方移送的資料指出，王顏雲的行爲是「未經許可入出境」，涉嫌違反國家安全法。可是，檢察官發現，王顏雲出國時，是從正常管道，由中正機場搭著飛機出去，他的出境程序是合法的。而他沒有任何犯罪前科，也沒有被政府單位下令限制入出境，所以，理論上，只要他申請入境，政府不可能不准，他並沒有一定得偷渡入境或是故意違反國家安全法的動機。檢察官知道，他之所以會選擇這條路回台灣，全然是爲了妻子。

照著法律的規定走，檢察官勢必要把王顏雲起訴，但是，如果就這麼毫不考慮這件案子裡的來龍去脈，直接起訴被告，又未免太過於冷血無情。檢察官反覆思量後，決定網開一面，他故意曲解法律，把王顏雲的偷渡行爲，解釋成「不能算是未經許可入出境，頂多只能算是『規避檢查』」。檢察官還認爲，王顏雲爲了要讓相識多年的妻子來台，才安排偷渡，因而誤觸國法，妻子又將面臨被遣返的命運，其情可憫，符合職權不起訴的要件，於是把這件案子結掉。

結掉了這件案子之後，這位檢察官還是覺得良心不安。有一天，我到他的辦公室跑新聞，這位檢察官看到我，二話不說，他悄悄的把這件案子的不起訴處分書塞到我手上。我拿到四下無人的角落一看，發現是一件很有故事性的新聞，於是把它報導出來。

不過，很遺憾的是，我和那位檢察官都沒有通天的本事。在能力範圍內，檢察官能做的，就是動用法律賦予他的職權處分權限，寬恕了王顏雲的犯行；我所能做的，只是把這件新聞報導出來。檢察官和我都沒有能力把王顏雲的妻子留下來，劉靚最後還是被遣送回大陸去了。

很慚愧，這件案子的後續發展我沒有繼續追。不過，有時我也會想，在兩岸森嚴的法律規定下，這一對夫妻注定不能團聚，那麼，王顏雲該怎麼辦呢？他會乾脆跑到大陸去，和妻子劉靚廝守終生嗎？或者，他會就此屈服於冰冷無情的法律，從此斷念，另外在台灣再娶一門妻子？不管是哪一種選擇，都會留下遺憾吧？

我沒有能力把劉靚從靖廬裡救出來，讓他們夫妻團聚。但另外一件案子，我卻成功了。可是，成功了之後，就眞的皆大歡喜了嗎？那倒也不一定。

同樣是在七十九年底發生的故事。

十二月二十日那天上午，我到台灣高檢署採訪。在走進高檢署那棟建築物之前，照慣例，我會先到門口外的公布欄四處看看。公布欄就設於高檢署大門的左側，依規定，高檢署的檢察官每次結掉一件案子，公布欄裡就會貼出公告，但那些公告，平常也很少有人會去關心。

看著密密麻麻的公告，我一件一件的掃描過去，突然，有一張公告吸引了我的目光。那張公告上，被告的姓名是「林世珍」。坦白說，從這個很中性化的名字裡，我猜不出那是男、是女，林世珍當然也不是個名人，所以，眞正吸引我的，並不是這個名字，而是在名字下頭那一行「案由欄」。這人被移送的罪名是「懲治叛亂條例」，而再之下的一欄「偵結結果」，裡頭寫的是「不起訴」。

依照刑事訴訟法的規定，內亂、外患和妨害國交罪，是由高檢署擔任一審管轄的司法機關，但高檢署一年難得辦上幾件內亂罪，只要有這樣的案子，我們這些記者一定都非常關心。可是，如今，不知從哪裡冒出這件叛亂案，被告的大名我們連聽也沒聽過，那可就妙了。

雖然，在我的直覺裡，被檢察官不起訴的案子，大多都沒有什麼新聞性。以叛亂案來說，最常被控叛亂而被不起訴的人，就是總統。所以，這類的案子大多是亂告一通的，就算採訪了、發稿了，也見不了報。不過，反正這天本來也沒有什麼大事，我心裡想，不如就去碰碰運氣，說不定讓我碰到一件大條的新聞。

於是，我就根據這張公告上的資料，查出承辦檢察官是誰後，走到他的辦公室，問他能不能給我這件案子的不起訴處分書。

在這裡，要先解釋一下。一般來說，檢察官都必須遵守偵查不公開的規定，但是，所謂的「偵查不公開」，指的是案子在偵查終結之前，不能對外透露案件的內情；可是，等到案子結掉之後，不管是起訴還是不起訴，那都沒有什麼偵查公不公開的問題了。跑司法新聞的記者跟檢察官要一份已經結案的起訴書或不起訴處分書，那更不是什麼違法的行爲。在以往，只要我們開口，檢察官也很少會不給的。

可是，這一天，我跟檢察官要這份不起訴處分書時，他卻很訝異的看著我，還一直追問：「你怎麼知道這件案子的？你怎麼知道這案子是我辦的？」

我被他問煩了，就挑明了說：「你們結了案以後，外頭的公布欄都會貼出公告，我就是從公告裡看到的。是怎樣啦？爲什麼不給我處分書？是怕我看到什麼嗎？」

他想了一想，才壓低了聲音說：「算你厲害，看到這件案子。」

說完，他從抽屜裡東翻西找，好不容易找出一份處分書，遞給了我。

我很快的看過一遍，並沒有發現什麼很特別的地方。裡頭只是說，被告林世珍在七十九年十二月十四日向台北市刑警大隊自首，聲稱她在大陸念平潭第一中學時，曾參加叛亂組織「共產主義青年團」，所以認為自己觸犯懲治叛亂條例。市刑大接受林世珍自首後，把她移送到台灣高檢署偵辦。

不起訴處分書裡說，檢察官曾傳訊林世珍的丈夫施小寧。施小寧也作證承認林世珍在大陸時期，的確曾經參加過叛亂組織共青團，所以，檢察官就採信了林世珍的自白。不過，依照懲治叛亂條例第九條的規定，參加叛亂組織者，只要自首並宣告脫離，司法機關可以不起訴處分。檢察官因此決定不起訴林世珍。

我拿著這份不起訴處分書，心裡頭隱隱然覺得有些事情不對勁。

我抬頭看了檢察官一眼，發現他也正在用一種神祕莫測的眼神看著我。那眼神帶著一絲挑釁，好像是說：「看你挖不挖得出這條新聞！」

我決定再仔細看一次手上這份資料。這一次，讓我看出問題來了。

首先，我看到不起訴處分書結案的時間，是十二月十七日。

前面說過，林世珍是在十四日那天才向台北市刑大自首的，檢察官卻在十七日就結案，整個偵查的時間只有短短的三、四天，未免太快了吧？是什麼樣的案子，要讓檢察官用這麼快的速度結案呢？這與常情不合。

第二、一般來說，很多早年待過大陸，後來跟著政府來到台灣的人，在大陸時期大多曾經參加過什麼「少年先鋒隊」、「共產主義青年團」之類的組織，這和我們這些在台灣長大的年輕人，小時候也曾參加過「中國青年反共救國團」的活動，是一樣的道理。這種事，說大不大，說小不小。當政治鬥爭發生時，參加個共青團、先鋒隊，就會被視爲參加叛亂組織，會被抓去關起來。可是，這種事，只要自己不張揚，別人大概也都不會知道。在我的記憶中，好像還沒看到有人自己跑到警察局，承認自己曾經參加過這類組織的事。林世珍這麼做的目的是什麼？是吃飽了撐著，替自己找麻煩嗎？

第三，更妙的是，林世珍自己頭腦燒壞，跑去跟警察自首，那也就罷了。怎麼連她的老公也一樣神智不清，還在檢察官傳訊時作出對妻子不利的證詞呢？如果檢察官沒有用懲治叛亂條例第九條，把林世珍不起訴處分，那麼，她老公不就害她要被抓去關了嗎？

最後一點，我注意到，這分不起訴書最前面記載被告資料的部分，最下方有一個小小的括號注記，上面寫著「在押」兩個字。

這更離奇了。在押的被告被不起訴處分，這樣的例子是有的；但是，不起訴的被告還繼續羈押，這樣的案例可從來沒有。怎麼會這樣呢？顯然，這件案子很不單純。

我的眼睛發亮了。一口氣的，我把想到的問題像連珠砲似的，全部提出來，要檢察官解釋給我聽。

檢察官含笑著看著我，他點點頭，說：「你不錯，看出這麼多東西來。」但他並沒有直接回答我，反而伸出手指，指著起訴書上的幾個字，問我：「你沒注意到這個名字嗎？」

我順著他的手指看去，他指的是「施小寧」三個字。

坦白說，我對這名字一點印象也沒有。我努力想了半天，還是想不出個所以然來，只好放棄。

我哀求他：「哎呀！算我孤陋寡聞吧！我眞不知道施小寧是誰呢！你就行行好，跟我說了吧！反正，你告訴我，也不算丟臉呀！我都自己挖到這麼多了，你就幫我一點吧！」

他笑了起來，揮手叫我湊上前去。在我的耳邊，他小小聲的說：「這個施小寧大有來頭喔！他是『反共義士』呢！」

我嚇了一跳。咦？怎麼這麼巧？我怎麼老跟反共義士的案子扯在一起？

我要求他再說得詳細一點。

他說：「施小寧本來是大陸民兵，他在好幾年前，自己偷偷的駕了一艘小船，載滿了彈藥，開到馬祖去投奔自由。後來，政府認定他是反共義士，但是因爲他開的是船，不是飛機，賞金沒有那麼多，新聞也沒有作大。之後，他就一直留在台灣，現在好像在永和市公所兵役課裡面工作的樣子。」

「那，他的妻子呢？也是反共義士嗎？」我追問。

「他的妻子不是反共義士啦！」檢察官解釋給我聽：「林世珍是在今年三月二十九日那天，才偷渡來到台灣的。最近，因爲政府嚴格取締大陸偷渡客，施小寧可能是怕他太太的身分被查出來，所以才會決定走個險招，讓他太太出面自首，看看法院能不能讓他太太留下來。」

「喔！是這麼回事呀！」我好像有點眉目了。

檢察官看我一臉恍然大悟的表情，他想了想，終於忍不住又多說了兩句：「你如果眞要寫這則新聞，我看你還是先去宜蘭跑一趟好了。」

「爲什麼？」我問。

檢察官說：「林世珍的叛亂案，被我不起訴處分。可是，她還有偷渡入境這一條還沒處理完呀！她是從宜蘭那邊上岸的，所以我把案子移到宜蘭地檢署去。林世珍現在就押在那邊。」

我心中突然有了一個不妙的預感。我盯著檢察官的雙眼：「能不能老實的告訴我，這件案子後來會怎樣？林世珍會被遣返回大陸嗎？」

我覺得，檢察官就一直在等我問這問題。他聽我這麼一說，馬上嘆了一口氣：「很有可能喔！你想想看，反共義士的妻子，如果被遣送回大陸，那會是什麼樣的結局？」

看我在沉思，他又補了一槍：「而且，她這次偷渡，還帶著他們的小女兒呢！女兒今年才五歲，聽說，應該是可以留下來啦！但是，這下子就要變成母女分離了！哎！造什麼孽喔！」

我看看手錶，截稿時間快到了。我知道，今天絕對來不及趕到宜蘭去了。我心想，沒關係，我先搶發一部分新聞，先讓這件消息見報，中午截了稿之後，我再去宜蘭追蹤後續的情況。

於是，我匆匆向檢察官道了謝，趕回記者休息室，抓起電話拚命打，努力在截稿之前把這則新聞拼湊得更完整一點。

連續打了十幾通電話查訪後，我慢慢把整件事的輪廓拼出來了。

原來，施小寧以前是福建省平潭縣「人民武裝部隊」彈藥庫倉庫的管理員，在民國七十四年八月十八日那一天，當年才二十六歲的施小寧和同事張木珠偷偷開著小船，載了滿船的彈藥，一路航行到馬祖西莒去投奔自由了。當他們兩人上岸時，駐防在前線的守軍還大吃一驚，以爲他們是中共派出的間諜，要摸黑到馬祖搞顛覆破壞的。那時，他和小他一歲的林世珍才結婚不到兩年，家裡還留下一個剛出生不久的小女嬰。

他來台灣之後，他的大哥就被中共公安部門逮去，後來被大陸司法當局依「知情不報」

的理由判刑入獄。林世珍也被抓去偵訊，不過，因爲林世珍堅決表示，不知道丈夫要逃到大陸來，所以逃過一劫。

五年來，林世珍在家鄉辛苦的扶養女兒。眼看著孩子已經五歲了，卻一直沒有見過爸爸，林世珍下定決心，要偷渡到台灣來，讓一家三口團聚。

七十九年三月二十九日，林世珍花了兩千塊人民幣，帶著女兒渡過台灣海峽，從宜蘭南方澳附近上了岸，並且很快的就和丈夫施小寧取得聯絡，從此匿居台北。

一開始，施小寧心裡還有一點盼望，以爲政府會爲他破例，讓他的妻子和女兒留在台灣。所以，他接到老婆、孩子之後，就跑到中國大陸災胞救濟總會去陳情，請救總幫忙。但救總表示自己無能爲力，只同意幫他把陳情書轉到行政院大陸工作會報和國民黨中央黨部，看看其他單位能不能幫他解決困難。可是，陳情書轉出去半天，都沒有下文，後來，施小寧也死了心，不再請政府幫忙了。

到了年底，施小寧和林世珍看到報紙上幾乎天天都有大陸客被抓的新聞後，心裡的恐懼感愈來愈深。施小寧有點後悔，因爲他之前曾經請救總幫過忙，所以，如果有心人一查，一定會發現他家裡有一大一小兩名偷渡客。他不想坐以待斃，不想等著警察上門抓人，更不想眼睜睜的看著自己的妻子和女兒被抓到靖廬之後，再被遣送回大陸。於是，他和林世珍商量，決定出個險招。

施小寧事前曾經請教過律師，律師告訴他，目前警察機關把大陸偷渡客遣返回大陸的作法，根本於法無據。因爲，偷渡來台的大陸客，一樣是違反國安法，依照法律規定，必須移送司法機關偵查、判刑、坐牢。可是，如果這些偷渡客服完刑之後出獄，他們就可以請領身分證，在台灣定居。因爲，他們不是外國人，不能被驅逐出境。

律師說，政府就爲了避免發生這樣的困擾，所以在處理大陸偷渡客事件時，都不把他們移送法辦，而是採取跳過司法程序的方式，直接把他們送到靖廬，然後遣返。這樣的作法，雖然違反法律規定，可是，反正不會有人跳出來替這些大陸偷渡客叫屈，所以政府也就有恃無恐。

律師告訴他，要讓林世珍留下來，唯一的方法就是透過司法程序，只要林世珍在台灣坐過牢，出獄之後就能留在台灣。

就因爲律師的這一席話，給了施小寧靈感。他和妻子林世珍商量後，決定主動向台北市刑大自首，聲稱自己曾經參加過叛亂組織。

這件案子移送到台灣高檢署之後，檢察官一眼就看出來，林世珍自首的目的並不是爲了要坐牢，而是爲了想爭取留在台灣。檢察官以自首叛亂得不起訴處分的理由，免了林世珍的叛亂罪，但是，她涉及違反國安法的部分，卻不能不處理，因此把後續的案子又移到宜蘭地檢署偵辦。

我打電話問大陸工作會，是不是判刑的大陸偷渡客都能留在台灣定居？得到的答案是否定的。電話那頭傳來一陣冰冷的聲音說：「誰說偷渡客可以留在台灣的？他們就算被判刑確定，等到服刑完畢之後，一樣要被遣送回大陸去！」

我在電話裡面驚叫起來：「你們憑什麼把他們送回大陸去？你們不是說，大陸人民一樣是我們的同胞嗎？怎麼可以把他們送回去？」

電話那頭傳來幾聲乾笑。很不誠懇的笑聲。

我提到林世珍的案例。我說：「人家的老公是反共義士，你們如果把她送回去，她不是死路一條嗎？」

電話那頭的聲音仍然很冰冷：「這……這我管不著。大陸工作會管的是政策，執行面的問題不要問我。人要不要送回去，你要去問警方，那是警方在執行的業務。」

我還不放棄。我再追問：「她和一般的大陸偷渡客不一樣，她老公在台灣。難道你們不能用『大陸人士來台依親』的理由，讓她留下來嗎？」

這名官員很冷酷的說：「記者先生，你要不要仔細看看行政院頒布的辦法呀？照規定，大陸人士如果要來台依親，必須是要在七十五歲以上，或是十六歲以下才可以。我想，你提到的這個案例，年齡應該不符吧？」

「七十五歲以上？」我又叫了出來：「林世珍今年才三十歲，你要她再等上個四十五年呀？你這不是強人所難嗎？」

他說：「這沒辦法，規定就是這樣。」

他頓了一下，說：「其實，你也要體諒體諒政府的難處。你想想看，如果這些大陸配偶都要申請來台依親，沒過幾年，台灣街頭上就都是大陸新娘了，這會是個怎麼樣的光景。你不怕這裡面有中共潛伏過來的匪諜嗎？」

我被他堵得說不出話來。想了半晌，終於又想到一個問題。我說：「那不一樣，這次的案主是反共義士的太太。政府不惜以重金厚賞，鼓勵大陸的軍人起義來歸，可是，當他們的妻子要來台灣依親時，你們卻不讓她來。就算來了，卻還要遣返回去，這有道理嗎？」

這次，換他被我堵住了。最後，他指點我一條路：「我們這裡眞的是愛莫能助。你去試試看檢察機關有沒有辦法，如果他們不把林世珍交給警方，不送到靖廬，我想，我們也不會主動要把她遣返回去的。」

掛掉電話後，我接著打電話到宜蘭地檢署，找到了承辦檢察官梁宏哲。

我問他，林世珍是不是在他手上？

他有點訝異，沒想到我會從台北用電話追到宜蘭問他這件案子。

他承認，林世珍的案手在他手上沒錯。他還告訴我，前一天，他才第一次開庭偵查這件案子，林世珍坦承自己是偷渡入境的，所以，案情很單純。

我問他處置的情形。他說：「林世珍既然是偷渡入境，那麼，我們就認爲她在台灣沒有固定的住居所，所以，依照刑事訴訟法的規定，我下令把她收押。」

我反對。

我說：「她明明和丈夫住在一起，怎麼會沒有固定的住居所？」

檢察官說：「那是你們一般不懂法律的人的看法。根據我們法律人的見解，只要沒有身分證、沒有戶籍的人，就是沒有固定住居所。」

我最恨法律人這種「知識的傲慢」，但我不想跟他辯，因爲有更重要的事情要問。我問他：「林世珍不是有一個女兒嗎？女兒呢？也跟著押起來了嗎？」

梁檢察官說：「你知不知道她的女兒施柳菁今年只有五歲呀？依照法律規定，未滿十四歲者，行爲不罰。所以，她女兒雖然也違反了國安法，但我們不能處罰。昨天開庭時，孩子的爸爸也來了，我下令把讓她爸爸把她帶回去了。」

「什麼時候要再開庭？」我問。

「還不知道。就算我決定了，也不能跟你說。偵查不公開嘛！」他有點在打官腔的味道。

「那麼，你會把她交給警方，送到靖廬後遣返回大陸嗎？」

「怎麼可能？」他的聲音有點動怒。梁檢察官說：「林世珍的案子現在在我的手上，我案子還沒有偵結之前，怎麼可能把這個被告交給別人？如果她被遣返了，我案子要怎麼結？」

我聽出一點弦外之音。我問他：「所以，你的意思是，在你偵查終結之前，林世珍不可能被遣返？」

他不回答，我認定這是默認。

我再問：「那麼，你結案之後呢？」

他嘆了一口氣，大概是覺得我很煩：「結案以後，那她就脫離地檢署的管轄了。如果是不起訴處分，她要到哪裡，或者是她會到哪裡去，我管不著；如果她被我起訴，我就會把她移送到法院，由法官決定要不要讓她交保，那也不是我能過問的事了。」

我再打電話給宜蘭地檢署檢察長鄭增銅。我問他，這件案子可能會如何處理？

他也向我賣弄法律。

他說：「根據國安法的規定，偷渡入境是三年以下有期徒刑之罪，依照刑事訴訟法的規定，檢察官對於這類型的輕罪，可以用『微罪不舉』的理由把她職權不起訴。不過，我們認爲，偷渡之風不可長，所以，對這類型的案子，我們通常都是會起訴的。」

對我來說，起訴林世珍倒還沒什麼，只要案件還在司法機關手上，警方應該就不敢強行把人送到靖廬等待遣返；如果不起訴，那反而麻煩。因爲，以前我就遇過好幾件很詭異的案子，例如說，有的被告同時被檢察官羈押，又被警方提報流氓，檢察官後來不起訴處分，被告才剛剛從看守所釋放出來，結果，連看守所的大門都還沒踏出一步，警察就站在牢房門口，直接把被告押走，送到管訓隊去管訓。

我心裡想，如果林世珍被起訴，那麼，這件案子還能拖上一拖。這段時間內，如果我能多寫幾條新聞，讓社會大眾注意到這件事，說不定可以製造出足夠的輿論壓力，屆時，政府或許就會改變心意，特准林世珍留下來了。

採訪得差不多了，我想，最後一通電話該打給施小寧，問問他的意見。

我撥電話到永和市公所兵役課，是一位聲音很甜美的女生接的。在電話中，我報了自己的身分，表明想採訪施小寧。

電話那頭的女生告訴我，施小寧這幾天請假，要到下星期一才會上班。她告訴我，她也曾經看過施小寧的太太林世珍，也看過他們的女兒施柳菁。她說，施小寧的太太和女兒都很漂亮、可愛，而且很懂規矩，又有禮貌。當她聽到我說，林世珍很可能會被遣返回大陸後，很訝異的嘆息了一聲。

我還記得，掛掉電話前，那女生跟我說的最後一段話。她說：「如果施太太被送回去，要施小寧一個人帶著一個五歲的小女孩，那太辛苦了。對大人、對孩子都不公平吧！」

採訪完畢，我搶在截稿前，連續發了好幾篇的稿子。

由於這則新聞是我挖到的獨家消息，而且內容又有很豐富的故事性，報社當然很喜歡。

當天下午出爐的晚報上，我的新聞就登在一版頭條的位置。編輯還下了一個很大的標題，

「反共義士妻偷渡／團圓夢碎」，副標題是「攜幼女　尋夫君　潛台依親／雖自首　仍免不了被遣返大陸」。

這則新聞馬上造成轟動，當天下午，日報及電視台的記者，台北和宜蘭兩地的記者，都紛紛出動，去追這則新聞的後續消息。我心裡想著，透過媒體製造輿論壓力的目的，可能會達成。

當天下午發完稿，我就開車到宜蘭地檢署。那時，距我買第一輛車的時間沒多久，開車技術也沒像現在這麼好，可是爲了採訪新聞，我鼓起勇氣開上了北宜公路，繞過驚險萬分的九彎十八拐，抵達了蘭陽平原。

到了宜蘭之後，我沿路打聽，終於找到了宜蘭地檢署。我向法警說明來意之後，他引導我到檢察長辦公室，讓我見到了鄭增銅檢察長。

檢察長在他的會客室接見我。我才一落坐，他就揚了揚手中的晚報，苦笑的跟我說：「范記者，你眞厲害呀！我們上午才談了那麼一會兒話，你就能夠寫出這麼一大篇。」

我只好連聲說：「慚愧！慚愧！」

他又說：「你報導出這則新聞之後，部裡（法務部）也打電話過來問，要我們愼重處理。我看，我們這次要很小心來辦這件案子了。」

我問他：「地檢署有沒有可能協助林世珍，讓她在台灣落籍？」

他搖搖頭說：「大陸人士能不能在台灣設籍定居，這是內政部的職權，司法機關是無權過問的。」

我問他林世珍在宜蘭看守所裡頭，過得如何？鄭檢察長很坦白的說，他也不清楚，不過，他建議我，反正林世珍並沒有被限制接見，所以，如果我有興趣，可以自己到看守所跑一趟，親自去採訪她。檢察長還告訴我，宜蘭看守所就設在地檢署的旁邊，走路過去也用不了五分鐘，可以去試試看。

這個建議很不錯。我馬上告辭而出，轉到看守所去。

可是，到了看守所，塡好了申請會面的單子之後，才發現來錯了時間。原來，宜蘭看守所規定，被告會客時間還分單、雙日。雙號的被告雙日會客，單號的被告單日才可以辦會面。這一天剛好是雙日，而林世珍卻是單號，不能會面。我只好悵然而歸。

回到台北後，過了幾天，我接到一個神祕的電話。有一名操著外省口音的中年男子找我，他在電話裡跟我說，有重要新聞要透露給我。

我和這名素未謀面的中年人相約在台北市博愛路，也就是法院附近的一家咖啡廳碰了面。

他一看到我，就很神祕的問我：「你知不知道，當年，施小寧來台灣時，還有一個人跟他一道兒來？」

經過這段時間的採訪，我對於施小寧當年的遭遇，已經有了初步的了解。所以，我點點頭說：「我知道哇！他那次投奔自由，不是還有一個人跟他一起來的，叫張木珠的，是不是？」

那人用很讚許的眼神看了我一眼，又接著說：「你去查查看，看他現在情況如何，看看他老婆是不是也在台灣！」

我還想再追問，但他已經起身離去了。

我只好想盡辦法去打聽。

我東問西問，沒想到，眞讓我挖到了好東西。

原來，張木珠的遭遇幾乎是施小寧的翻版。不同的是，故事的後段，張木珠可比施小寧幸運得多了。

前面說過，施小寧的妻子林世珍在七十九年三月二十九日帶著五歲的幼女偷渡來台，和丈夫團聚。而張木珠的妻子阮鳳欽，在兩個月之後，也有樣學樣的帶著子女偷渡到台灣來，並且也和自己的老公相聚。

後來，阮鳳欽偷渡入境的行爲被查獲，警方把她移送到士林分檢署（那時還沒改制爲士林地檢署）偵辦。檢察官同情她的遭遇，偵訊之後就下令交保，讓她可以回到內湖的家，和丈夫共享天倫之樂。

這就妙了。如果施小寧和張木珠的狀況相同，他們的妻子來台的方式也相同，爲什麼不同的地檢署處理起來，卻有著全然不同的結果？這當然可以好好做做文章。不過，我還不急著發掉這則新聞，我打算先壓著，等待更好的時機才來處理這則新聞。

八十年元月三十一日，一名福建同鄉會幹部打電話給我。他說，宜蘭地檢署前一天又開庭偵查林世珍偷渡入境案，原本，施小寧以爲這一次檢察官會讓林世珍交保，所以還特地請假，趕到宜蘭去準備。沒想到，開完庭之後，檢察官卻下令還押，讓施小寧白跑了一趟。

案子有了新進度，當然得再追一追。

我馬上打電話給宜蘭地檢署承辦檢察官梁宏哲，問他開庭的狀況。他在受訪時無意間透露，這件案子已經查得差不多了，原本，昨天開庭後，想把林世珍責付給警方的，可是警方拒收，他只好下令把林世珍還押看守所。

我很好奇的問他：「爲什麼要把林世珍交給警方呢？」

他告訴我：「因爲，我這件案子差不多可以結案了。而且，林世珍被押了很久，快滿兩個月了，照規定，兩個月時間一到，我一定得放人。而根據法務部和內政部的一項協議，大陸客偷渡來台，要不要遣返，或是准不准他們在台灣定居，應該由警方決定。所以，我才會想把林世珍交給警方。」

我問：「那你爲什麼不把她交給她老公呢？」

他說：「在法律的定義裡，林世珍在台灣算是沒有固定住居所的人，所以，如果把她交給施小寧，未來萬一要把她遣返，卻找不到人時，那會很麻煩的。」

我嚇了一跳，馬上逼問：「那你的意思是，你打算把林世珍遣返回大陸囉？」

他一聽，知道自己說漏了嘴，馬上改口說：「沒有的事。我只是說『假如』。」

我再打電話問檢察長鄭增銅，不過，他推得更乾淨。他在電話裡告訴我，檢察官案子還沒有結，絕對不可能在此時此刻就放了林世珍，也不可能把她交給警方。

他說：「林世珍的家屬以爲昨天開完庭之後，就可以交保，所以才趕來宜蘭。後來，他們撲了一場空，可能心情不好，就難免有一些猜測。那些都不是事實。」

不過，我知道檢察長的說法全是官話。我也知道，如果我不再發幾則用字遣詞更強烈的稿子，林世珍很可能在眾人不知不覺的情況下，就這麼被遣返回大陸去了。

這天，我連續發了幾篇稿子，還配了一篇特稿。在這篇特稿中，我質疑說：「宜蘭地檢署說，大陸人能不能在台設籍定居，是內政部的職權，司法機關無權過問。但事實上，檢察官卻打算在全案偵查終結時，把林世珍丟給警方處理，而不讓她那當公務員的丈夫帶回。明眼人一眼即可看出，這有違檢方口口聲聲所言，不干涉大陸客遣返或定居的立場。」

我在稿子裡說，「事實上，現行遣返大陸客的作法，在法律上並無依據，而且會被人指爲有違憲及違法妨害自由的問題。社會各界未多加批評，乃是顧慮大陸客紛紛設法來台，恐會影響在台同胞的生計。但是，對於少數特殊大陸客採取准許留台的作法，既不會動搖國本，且未違法，又顧情理，有關當局卻執意不許，不免讓人有本末倒置之嘆。」

我接著寫，「基於國家安全和社會秩序的考量，政府在處理大陸偷渡客方面，曾有經查獲大陸客就逕行遣返的強制性規定。不過，在這些案例中，也有幾件因案情特殊，使政府遭到考驗的例子。」

之後，我就舉出張木珠、阮鳳欽夫婦的案例，質問說，「同是檢察機關，辦案觀念卻差別如此之大，莫怪外界也要質疑。」

在這篇稿子最後一段，我再問道：「對反共義士，政府以多種優遇爲號召，對反共義士之妻，卻逕予遣返。這種作法，如何能眞正號召所有大陸同胞？」

說實話，我不知道這幾篇稿子，對政府有沒有造成壓力，或是造成了多大程度的壓力。我只知道，這些稿子登出去之後沒幾天，宜蘭地檢署那邊就傳出檢察官終於准許讓林世珍交保的消息了。之後，政府更破例網開一面，讓林世珍可以在台灣居留。

看到這件差一點變成人倫悲劇的故事，最後以圓滿的大結局收場，我的心裡眞有說不出的快活。我不敢居功，但我自認爲在這一場營救林世珍的行動中，我算是盡了一份心力。

原本，我以爲這件案子就此落幕，但沒想到，一年之後，施小寧卻出事了。

八十一年三月七日，曾經接受過施小寧的妻子林世珍自首參加叛亂組織罪的台北市刑大，又再次登門。不過，警方這次前來，找的不是林世珍，而是施小寧。

市刑大偵四隊把施小寧帶回隊部後，攤開資料逼問他：「你是不是在去（八十）年八月十六日，和卓長仁、姜洪軍共同犯下了擄人勒贖案？你是不是和他們共同綁架了國泰醫院副院長王欲明的兒子王俊傑？你是不是參與殺害王俊傑的行動？你有沒有參與事後的棄屍行爲？」

連番逼問下，施小寧終於俯首認罪。這件轟動全國的綁架撕票案，一夕之間登上各大媒體的頭條位置。

這天上午，我起床之後到信箱拿報紙，映入眼簾的，就是這則新聞。我看著報紙標題上斗大的「施小寧」三個字，驚訝得不敢相信自己的眼睛。

看完了新聞之後，我又氣又難過。我很想問他，爲什麼不好好把握自己的人生？爲什麼好不容易夫妻團聚，卻要親手把幸福埋葬？和林世珍結婚不到兩年，他就隻身逃到台灣來，過了五年的光棍生活後，妻子千里迢迢的偷渡過來和他相會，經過千辛萬苦，他的妻子終於獲准留在台灣定居。沒想到團圓的日子才過了一年，他卻犯下了如此嚴重的罪行，而必須身陷囹圄。爲什麼？

我想問他，難道，當初我們這麼努力的呼籲政府，讓他的妻子留在台灣，就只是要讓林世珍爲他收屍嗎？如果早知如此，我們何必這麼拚命呢？我氣得很想掉眼淚。

施小寧承認犯行之後，旋即被檢察官下令收押。檢察官偵結後，法院一審時把他和卓長仁、姜洪軍都判處死刑。後來，全案打到二、三審，也都維持原判。不過，最高法院認爲高院的判決有瑕疵疵，先後發回更審好幾次，官司一路打了九年多。

直到八十九年六月二十二日，案情才有了變化。台灣高等法院更五審時，認爲施小寧在這件案子裡只是「附和者」，並非主謀，而且在綁架案發生後，他曾經拒絕撥打勒索電話，法官因此認爲施小寧並非罪大惡極之徒，沒有處以極刑的必要，才改判他無期徒刑，讓他死裡逃生。至於卓長仁、姜洪軍兩人，則維持原判，他們也在九十年八月十日晚上被押赴刑場執行槍決。

在這幾年間，國內的法律有了很大的變化，民國八十一年七月十六日，立法院三讀通過的「台灣地區與大陸地區人民關係條例」，就是最好的例證。這部法律的第十七條第一項規定，「大陸地區人民有左列情形之一者，得申請在台灣地區居留」，其中，第一款就明定「台灣地區人民之配偶，結婚已滿兩年或已生產子女者」可以申請來台居留。

雖然，兩岸條例還規定，大陸配偶每年可以申請在台灣地區居留的數額，得予限制，一年要開放多少名額，都授權由行政院函請立法院同意後公告。不過，至少這代表兩岸夫妻的團聚，不再是個遙遙無期之數，只要耐心等候，總會有相聚的一天。以後，大陸新娘就不必再像林世珍一樣，必須偷偷摸摸、躲躲藏藏的偷渡來台灣了。看到這部法律的通過與實施，我當然很高興。

不過，就算心中再欣慰，每當我想起施小寧這件案子時，又不免黯然。

施小寧這件案子的官司打了九年多，在纏訟期間，有好幾次我都想到看守所探望一下施小寧。可是，我最後還是放棄了。因爲，我不知道當我見到他時，我該跟他說些什麼。

施小寧會不會覺得，他欠太多人一個抱歉？被撕票的王俊傑，施小寧當然欠他；成天在家裡以淚洗面的妻子林世珍，施小寧更是欠他；至於我們這些當年只憑著一腔熱血，就積極爲他奔走的人，施小寧欠不欠呢？但是，就算他承認欠了，那又如何？他欠的，這輩子他也還不起。

人的命運是不是早就注定好的呢？或者說，會在不經意之間，被某些事情影響而改變呢？有時，我會自問，如果當年我沒有挖到這則獨家新聞，林世珍最終還是被遣返回大陸，那麼，傷心失意的施小寧，會不會把夫妻團聚列爲他人生的最重要目標，而不會答應卓長仁、姜洪軍的招喚，犯下這麼重大的綁架撕票案呢？可是，人生不像錄影帶，不能倒帶重來一次。我的問題沒有答案，我想，在施小寧的心裡，他也沒有答案。

签注
阿達新聞檔案之
馬曉濱檔案
有效期至
签注(
签注

「見了妳，比上刑場還難。」民國七十九年七月十三日上午，在台北看守所接見室裡，死刑犯馬曉濱看著闊別四年，遠從大陸跨海來台的妹妹馬小琴，他心痛、流淚的說出這句話。一個星期之後，馬曉濱被押赴刑場槍決。臨死之前，沒有人知道馬曉濱心裡想些什麼。如果他早知道，他來台灣之後，只是加速讓自己走向生命的終點，他，還會不會選擇「投奔自由」？這麼多年來，這個問題一直縈繞在我腦海裡，揮之不去。而馬小琴哭著離開台北看守所，悲痛的說：「我這次來，不想是爲哥哥收屍的。」那句話，更常讓我在午夜時分，低頭嘆息。

直到現在，我還是常常在想，到底，是什麼因素奪走了馬曉濱等三個人的性命？是他們自作自受、罪該萬死？還是因爲他們不長眼，綁到了與層峰關係深厚的大人物的家人？或者，是因爲立法院僵化且麻木不仁的制度，把一套早已失效的法律還當成聖經在使用所致？亦或者，是因爲整個司法制度只不過是爲政治服務的工具，他們縱有千萬種不該死的理由，但在政治正確大原則下，他們本來就難逃一死？說眞的，我不知道。

而我更不知道的是，那些曾經直接、間接成爲奪走馬曉濱生命的人，心裡會不會有一絲絲的愧疚？他們會不會覺得手上沾滿了鮮血，而在多年之後，驚恐的發現，自己原來也是劊子手的幫凶？而那些直到最後一刻，還在積極奔走，高呼「槍下留人」的人，對於現實社會中充滿的「法律殺人」、「制度殺人」現象，會不會有著最深沉的無力感？

馬曉濱所犯下的案子，其實相當簡單。

民國七十八年十一月十七日晚間，馬曉濱夥同華裔越南難胞唐龍、長榮公司離職警衛王士杰，共同綁架了長榮海運小開張國明，並向長榮的老闆張榮發勒索五千萬元。

在那個年代，五千萬元是個天價，創下了我國綁票案最高的贖金紀錄。

十八日晚上九點多，他們三人順利取得贖款，十一點左右，被綁了整整一天的張國明即被平安釋放。十九日，警方收網抓人，一天之內，他們三人全都落網。

接下來，即是一連串的司法審訊工作。在他們三人到案後不到一個月的時間，台北地檢署就以罕見的快速度把他們三人提起公訴，台北地院也依懲治盜匪條例的擄人勒贖罪，把他們全都判處死刑，褫奪公權終身。全案上訴到二、三審，法官都維持原判。

七十九年七月二十日凌晨，也就是在他們犯下這起綁架案九個月後，他們都被押赴台北監獄刑場執行槍決。

這件案子之所以會引人注意，有幾點原因。首先，這起綁架案的三名歹徒背景太過特殊。其中，馬曉濱是所謂的「反共義士」、唐龍是「越南難胞」，他們頭上原本有著特殊的政治光環，但卻犯下這件重大刑案，自然引人側目。其二，苦主張榮發是富可敵國的商賈，和黨政界關係一向良好，他的兒子被綁架，當然是重大的新聞。其三，在此之前，從來沒有任何一件擄人勒贖案的被告，會引起那麼多社運團體、人權團體的關注，死刑的存廢問題，也從沒有討論得如此激烈過。但在當時的社會氛圍下，馬曉濱等人的犯行，在大多數人的觀念中，都是被歸類爲「自作自受」，同情他們的人反而不多。所以，當他們三人伏法之後，事實上並沒有引起社會太多的反思。

不過，這件案子就很像一顆投入湖心的石子。當石子沉入湖中時，湖面上的漣漪曾經逐漸盪開、擴大，終究恢復平靜；但表面上的平靜無波，不代表一切都回到正常。那顆沉入湖底的石子，也像沉入了某些人的心底，它永遠在那裡。每當不經意的時候，心頭就會突然有一陣刺痛，那會讓人不由自主的想起這件陳年舊案，會讓人靜心思考當年的種種，會讓人細想，當時做得究竟對不對。或許，沉入湖底的，不是石子，而是顆種籽，在多年之後，它會萌芽、會慢慢的成長，會讓人看到更多更多……。

故事，要從馬曉濱伏法前四年說起。

民國七十五年六月十七日，一艘三公尺長的小舢舨悄悄的漂進南韓瑞山郡鶴岩浦港，南韓海警隊發覺後馬上出動，在岸邊截獲了這艘小船。在船上，有十九名疲憊不堪、神色驚恐的男子，他們不是北韓派遣到南韓刺探軍情的間諜，他們是大陸偷渡客。

其實，直到今天，偷渡仍然不是什麼大新聞，在國與國的邊界之間，人民偷渡來、偷渡去，更是時有所聞。但是，當局者要如何處置這些偷渡客，卻是大有學問。舉例說，如果有政治上正面的宣傳價値，那麼，這些偷渡客就會搖身一變，成爲所謂的「投奔自由」、「反共義士」；如果有政治上負面的宣傳價値，他們就會成爲所謂的「匪諜」、「共諜」；如果完全沒有價値，那麼，他們就只是偷渡客，他們的命運也只有「原路遣返」一途。

主政者一念之間的不同選擇，就決定了這些大陸偷渡客的命運。但是，成爲反共義士不見得比較好，就如同被遣返也不見得一定是最糟。

這十九名偷渡客的命運，和別人不同，因爲，他們選擇上岸的地點太過於特殊了。南韓政府在瑞山郡部署了飛彈基地，駐韓美軍更把這裡建制爲戰略核武的堡壘，十九名不長眼的大陸人，不明不白的闖進了這個軍事禁地，新聞媒體不可能把這事淡化處理，事實上，這件闖關事件還鬧成了國際新聞。在眾口悠悠之下，南韓政府不能再循往例，把他們塞回大陸去。軍方經過三個星期的調查，確定他們的偷渡行爲沒有政治上或軍事上的動機後，決定把這燙手山芋丟給台灣政府，於是，在七十五年七月八日，這十九個人就這麼糊裡糊塗的搭著飛機，來到了台灣。

下了飛機之後，這十九人馬上成爲政治宣傳的工具。中國大陸災胞救濟總會爲他們舉行了一場盛大的記者會，他們面對記者的詢問時，也都依著事先排演的說詞，大聲的說，他們之所以會冒著九死一生的危險，搭著小船在海上漂流三十個小時來到南韓，最主要的原因就是要投奔自由，他們全都唾棄共產暴政。

天曉得，在他們決定偷渡之前，其實沒有幾個人眞想來到台灣，他們更想去的，是美國、加拿大，甚或是日本。但是，既然已經被南韓丟到台灣來，他們除了配合演出之外，不能再有其他的說法或想法。

風光的記者會，換來的是第二天媒體大篇幅的報導。但這十九人並沒有享受到成爲名人的特權，他們只能如同照著劇本演出的演員一般，繼續服從政府的指示，努力完成政府要他們做的政治宣傳。可是，他們怎麼樣也沒想到，政治宣傳一結束，他們就被送到位於澎湖的難民營。表面上的說法，是要他們參觀這座「中南半島難民接待中心」，但他們一進去之後，就出不來，在裡頭一待就是兩年。

我不知道這是不是命運中的巧合。當這十九名所謂的「反共義士」被關在澎湖難民營的時候，也正是我在澎湖服兵役的那兩年。有一段時間，我們連上還被派去難民營支援，負責營區衛哨勤務工作。而我，也曾經戴著軍便帽，腰上紮著S腰帶，手上持著木槍，站在營區門口擔任哨兵，那時的我，並不知道這營區裡關的是什麼人。印象中，我曾看過一些皮膚顏色比較深的男男女女，在營區周邊晃來逛去。聽連上的士官們說，那些人大多是中南半島過來的難民。

我也曾經問過，既然是難民，政府不是應該妥善的安置他們嗎？怎麼可以把他們丟到澎湖關起來？但連上的長官也無法回答我的問題，他們只能不斷的三令五申，要我們切記，絕對絕對不可以和這些人交談，因爲，他們很可能都是些危險人物。

這些人有什麼危險？我不清楚。我想，政府也不清楚，但正因爲不清楚，所以才要詳加調查。舉例來說，政工人員調查後就發現，這十九人來台之後所呈報的姓名都是假名，這顯然就讓政府當局提高了警覺。主政者一定認爲，如果他們來台的目的眞的是爲了投奔自由，爲什麼還要拿假名騙人？但政府卻沒有想到，他們如果報出了眞名，透過媒體的傳布，那麼，大陸的公安部門不就知道他們跑到台灣來了嗎？而他們在大陸的家人難道不會遭到迫害嗎？而這十九人之中的帶頭大哥劉德金，最後竟然也被情治單位安了一個「涉嫌叛亂」的罪名，並且被移送軍法審理，一關四年，直到七十九年才被李登輝總統特赦出獄。

至於其他的十八人，經過兩年的軟禁和調查之後，有關單位實在查不出他們有任何叛亂的嫌疑，最後終於在七十七年把他們給放了。

被釋放的十八個人之中，有一個人就是馬曉濱。

馬曉濱被放出來之後，曾經到救總尋找協助，但救總只發給他三萬多元，就把他丟到職訓所去學藝。可是，馬曉濱學來學去，都學不成一技之長，一怒之下，馬曉濱決定離開職訓所，自謀出路。

可是，自謀出路談何容易？馬曉濱四處碰壁，心情更加煩悶。

人一心煩的時候，總會想找些舊時的朋友聚聚。在台灣，馬曉濱舉目無親，他認識的人，就只有當時同船一道兒偷渡來台的難友們，另外，就是關在澎湖難民營那兩年所結識的中南半島災胞們。

結果，他找到了唐龍，一位和他一起蹲過澎湖難民營的越南難胞。唐龍和他一樣，也是處處不順，心情苦悶，兩人聚在一起，整天嘆氣。嘆著嘆著，他們又遇到了王士杰，沒想到，認識了王士杰之後，他們的命運也從此改觀。

王士杰原本是長榮海運的警衛，他因故離開長榮之後，生計也出現問題。他看到馬曉濱、唐龍也為生活發愁，於是心生一計，他提議，不如做件大事，好好的撈一票，以後下半輩子也有著落。

可是，要幹哪一票呢？王士杰既然曾在長榮海運待過，他當然知道長榮的老闆張榮發非常有錢。既然要幹一票大的，那麼，不如就綁架長榮海運的少東，張榮發的兒子張國明吧！

七十八年十一月十一日晚間，馬曉濱、唐龍在王士杰的住處商量後，決定要幹下這筆大買賣。議定後，三人開始分頭籌備。

十一月十三日起，他們三人連續四天都埋伏在台北市建國北路長榮公司附近，王士杰並以識途老馬的姿態，指認張國明，要唐龍、馬曉濱別認錯人、綁錯人。到了十七日晚間十一點多，他們三人決定動手。

這一晚，唐龍開著租來的轎車，駛到長榮公司附近，看到張國明走出公司，馬曉濱就上前把他拖到車上。張國明被綁之後，一開始想要掙脫，馬曉濱為了制伏他，於是動手毆打張國明的肚子，之後，又拿酒瓶敲張國明的肩膀。張國明吃痛之後，不敢反抗，只好乖乖就擒。

得手之後，他們三人把張國明載到台北市忠孝東路的朋友家，並且拿繩子把張國明結結實實的綁在一張躺椅上，另外再拿膠帶封住張國明的嘴巴和眼睛，讓他無法逃跑，也叫不出聲、認不出人。

安置了肉票後，他們再把事先已經準備好的勒索信送到張榮發家裡。這時，已經是十八日凌晨了。

這封勒索信是以報紙剪字貼成的，目的是不留下筆跡，避免被警方查出線索。整封信的內容是這樣的：「張董事長、夫人：張國明現在我們的掌握之中，我們不想傷害他，我們只要錢，您們要於十一月十八日十二時前準備現金五千萬元，全部用舊鈔分裝在兩個皮箱內等我們電話，不要報警或跟蹤，否則後果自行負責，只要發現可疑，您們便準備收屍。」

張榮發看到勒索信後嚇了一大跳，他馬上報警。刑事警察局長莊亨岱也馬上跳上第一線，親自帶領刑事局的警官展開偵辦行動。

這天中午十二點半，王士杰打電話到張榮發家中。他用台語說，五千萬元要裝到張榮發的賓士轎車內，在中午一點之前，把車子開到林口長庚醫院斜對面的工業區標示牌附近，車子停妥後，人下車離開，鑰匙插在車上，車門不要上鎖，等他們拿到贖款之後就會放人。

面對這場前所未有的遽變，張榮發派出女婿鄭深池出面與三名綁匪周旋。他很聽話的把車子開到指定的地點停放，可是，等了半天，都等不到有人出面開車取走贖款。大批警方在附近埋伏，也都無功而返。

原來，就在馬曉濱決定前往指定地點拿取贖金時，在路上卻看到大批員警設點臨檢。馬曉濱作賊心虛，不敢與警方打照面，他決定放棄這次取贖的行動，另起爐灶。

這天晚上九點多，王士杰再次打電話給鄭深池，付贖金的方式不變，但地點則改到忠孝東路六段某處。鄭深池這次仍然乖乖的依照指示付了贖金，而馬曉濱也很順利的把車子開走。晚上十一點多，三人會合，共同回到藏匿肉票的地點。他們把張國明鬆綁，並且爲他戴上貼著不透明膠帶的眼鏡後，把他載到撫遠街的巷子裡放生。張國明下車時，直說身上沒錢，無法回家，馬曉濱還很阿莎力的掏出一千元，交給張國明，要他自行搭計程車回去。

馬曉濱他們三人絕對沒有想到，在台灣的刑案中，破案率最高的，就是綁架案。這道理其實也很簡單。因爲，綁架肉票時，是在被害人全無防備之際，當然很容易得手，但是，要勒索贖金時，歹徒就必須和肉票的家人聯絡，這時，就很容易暴露形跡。而拿取贖款時，警方更是有備而來，早就在交款地點埋伏得像鐵桶似的，自然更容易抓到人。警方之所以沒有馬上動手逮人，而只是一路跟監，顧慮的不過是肉票的安危罷了。一旦確定肉票安全無虞，警方就會馬上採取行動了。

馬曉濱這夥人以前沒有幹過綁架的買賣，他們當然不懂這個道理，在他們的想法中，張榮發爲了顧及愛子的安全，一定不可能報案的。五千萬元對一般人來說，或許是筆大數目，但在張榮發的財富裡，那僅是九牛一毛罷了！他們想，拿了錢、放了人，大家從此老死不相往來，這一票買賣，幹得是絕無風險。

可是，他們絕沒有想到，張榮發一接到勒索信後，馬上就報了警。當王士杰第一次打電話到張榮發家中時，刑事局的幹員就研判，這名歹徒一定是內賊，要不然，他們不可能那麼清楚張榮發的座車是賓士轎車。所以，警方馬上開始過濾近幾年來從長榮離職的員工資料，王士杰的身分就這麼被鎖定了；之後，馬曉濱取贖時，也被警方盯上。當他們三人在復興北路某家飯店裡朋分贓款時，他們作夢也沒有想到，警方早就已經蓄勢待發了。

五千萬到手後，王士杰、馬曉濱各分到了一千七百萬元，唐龍拿到了一千六百萬元，三個人分了錢之後，與高采烈的分頭離去。

十九日，警方開始行動。唐龍、王士杰先後落網，在他們的住處中，贖款也被起出，其中，王士杰的一千七百萬元分文未動，唐龍的一千六百萬元也只花掉了一萬兩千元。到了晚上七點，馬曉濱發現事跡敗露，同夥都已被捕後，他也自動向景美分局投案，並且把贖款交出。馬曉濱花掉的錢比較多，但也只有八萬六千五百元而已。換句話說，這場綁架案，從事發到破案，只有兩天功夫，三名綁匪總共也只花掉了九萬八千五百元，其餘的贖款後來都發還給張榮發。而馬曉濱等三人也萬萬沒有想到，爲了這不到十萬元的贖款，他們三人都必須賠上一條性命。

全案偵破之後，全國各媒體都用很大的篇幅報導這件重大的擄人勒贖案。在社會上一股「治亂世用重典」、「重大刑案必須速審速結」的氣氛下，這件案子從起訴到一審判決，總共只花了不到一個月的時間。台北地院承審法官溫耀源根據懲治盜匪條例第二條第一項第九款的「擄人勒贖罪」，判決三名被告死刑，褫奪公權終身。

法官在判決書最後一段，詳述他判決死刑的理由。

判決書是這麼寫的，「被告馬曉濱爲投奔自由之大陸同胞，被告唐龍爲逃離越南之難胞，渠等應知勤勉服務及在我國之自由可貴，善加珍惜，竟因覬覦他人財富，而干犯法紀，以擄人殘忍之方式勒贖鉅額之款，雖因取得贖款而將被害人釋回，唯此種犯行實嚴重危害社會治安及經濟之發展，使持有款項者，人人自危，爲懲其惡及儆效尤，本院斟酌再三，認被告三人實罪無可逭，求其生而不可得，自均應將渠等永久與社會隔絕等一切情狀，各依法爲死刑判決之諭知。」

聽到死刑判決之後，馬曉濱整個人都癱掉了。他想不透，他雖然幹下了擄人勒贖的重案，但他並沒有殺掉肉票，爲什麼司法要判他死刑？他一度心灰意冷，打算放棄上訴。

可是，按照我國刑事訴訟法的規定，死刑案件即使被告不上訴，法院還是要依職權把全案逕送上級審法院審理。這也就是說，死刑案不管被告服不服罪，在程序上一定要打完三審之後才能定讞。

一審判決後，有記者跑去問當初「接待」馬曉濱的救總，想知道他們對於這件事有什麼看法。救總的回答很冰冷。官式的說法是這樣的：「即使是反共義士，只要在台灣犯案，也必須接受法律的制裁。」沒有半句同情，沒有半句聲援。

反而是當時被視爲「亂黨」的台權會，卻爲了馬曉濱這名大陸人出頭。台權會主任陳菊跳出來說話。她說：「在馬曉濱身上，有著反共的政治神話和歷史包袱，甚至有嚴重的政治欺騙。與馬曉濱同船逃到南韓，又被接運來台的十九個人，對台灣社會一點也不了解，只是嚮往物質生活，政府讓他們當了一天的反共義士，就不再理他們，甚至還對他們施以刑求。等到他們進入社會之後，沒辦法適應、生存，他所想到的，便是撈一筆錢離開這裡，不想再見到這裡的人。」陳菊認爲，馬曉濱會走上這條路，政府的照顧不周難辭其咎。

但是，陳菊的說法，沒有引起太大的迴響。

案子打到高院時，馬曉濱的義務律師聲請法官傳訊當年和馬曉濱一同偷渡的難友，企圖藉此證明，馬曉濱來台之後曾經被長期的隔離、拘禁、拷問，事後，他們被釋放時，政府也沒有給他們適當的照護，所以他們在走投無路的情況下，才會鋌而走險，犯下滔天大罪。可是，高院合議庭斷然駁回了律師的聲請。因爲，法官認爲，馬曉濱之前有沒有受到不當的對待，和他會不會犯下綁架案，並沒有必然的關聯性，更不是犯罪是否可堪憫恕的原因。

二審判決，馬曉濱等三人依然被判死刑，褫奪公權終身。

隨後，案件送到了最高法院。

最高法院是法律審，不開庭。馬曉濱等人只能關在台北看守所裡，等候判決的結果。

七十九年六月七日，最高法院駁回了上訴，全案判決定讞，馬曉濱、唐龍、王士杰仍然維持死刑原判，並均褫奪公權終身。

死刑判決確定後，接下來的程序，就只剩執行了。在這段時間中，相關的救援工作也分頭展開，人權團體所做的事，是和時間賽跑。

在法律事務方面，律師郭吉仁負責向最高檢察署提出非常上訴的聲請案，而律師劉緒倫則先擬好再審聲請書，以備非常上訴聲請被駁回時，可以馬上向高等法院提出。而理律法務事務所的律師李念祖、陳長文則提出大法官釋憲聲請案，請大法官會議解釋，懲治盜匪條例中的唯一死刑法條，是不是已經剝奪法官量刑時的裁量權，有沒有違憲之虞。

另外，人權團體也發動國際人權組織聲援。國際特赦組織就發函呼籲一百三十多國的分支機構致函李總統、行政院長郝柏村、法務部長呂有文，請他們考慮能否槍下留人。而四年前與馬曉濱一同偷渡到南韓的大陸青年，有十六個人在六月十二日到總統府前廣場上靜坐絕食請願。

此時，民進黨中央黨部也發表聲明，指稱法院判處馬曉濱等三人死刑，是非常殘忍的作法。而天主教、基督教及佛教界等宗教人士，也召開緊急會議，並聯合上書李總統及檢察總長石明江，希望能給馬曉濱一線生機。

六月十五日，張榮發發表聲明，表示願意原諒馬曉濱等人。可是，也就在同一天，總統府發布新聞稿表示，總統不會過問類似個案，不可能對馬曉濱等人發布特赦令。而始終站在被害人立場的「被害人人權保護協會」則發表強硬聲明，反對馬曉濱等人獲得任何減免死刑的優惠。

「要不要殺了馬曉濱？」這已經不再是單純的人權或法律議題，漸漸的，它被上綱成爲政治問題和意氣之爭了。

到了六月下旬，馬曉濱收到了最新訊息。律師郭吉仁和他會面時告訴他，他在大陸的妹妹馬小琴，在海基會的協助下，終於獲得批准，可以來台探視他。這一年，離政府開放大陸同胞來台探親不過三年，對於有心來台的大陸同胞，政府的審查工作是又嚴又慢。按照常理，馬小琴其實並不符合來台探親的規定，但或許是想到馬曉濱來日無多，所以特別法外通融。

馬曉濱聽到律師的說法後，心情一陣激動。他告訴律師，他當然很想見妹妹一面，但他也擔心，不知道自己的案子能不能拖到那一天。他說：「我怕妹妹來的時候，已經太遲了。」

其實，自從馬曉濱被判處死刑定讞之後，台北看守所爲了避免他的心理受到刺激，每天送給他的報紙都先經過了「處理」程序。所謂的處理，也就是把報紙上有關於他們三個人的新聞都剪掉、挖掉，這種作法，即是俗稱的「開天窗」。而馬曉濱等三人雖然看不到報章上有關於自己新聞的內容，但他們也學會了另一種看報紙的方式，那就是由被挖掉的版面大小，推估自己的事件受外界關注程度的高低。這幾天，眼見馬小琴很可能可以來台探視他，報紙上被挖掉的洞洞也愈來愈多，馬曉濱知道，他的案子最近又成了熱門新聞。

事實上，馬曉濱幾乎已經放棄了求生的機會，他認爲，在龐大的司法機器底下，他不可能有死裡逃生的好運氣。只是，他很不平衡，他問律師郭吉仁：「我沒有傷害被害人的生命，國家爲什麼要剝奪我的生命？」律師只能安慰他，「或許，打贏了非常上訴，案子就會改觀了。」

馬曉濱其實也知道，律師的說法不見得是事實，安慰的成分反而比較大，他沉吟了好久，還是把一直壓在心底的話說出來。他說：「我希望政府能夠重新檢討收容投奔自由的大陸同胞的作法。」

馬曉濱沒有明白的抱怨，政府收容投奔自由的大陸同胞的作法有什麼問題，可是，這問題不說自明，因爲，問題就反映在他自己身上。如果，當時政府妥善的安置他，讓他有個合適的工作做，或許，他就不會幹下這起綁票案了。

七月十二日，馬小琴終於來台。當晚，她稍事休息，第二天一早，她在立法委員林正杰、律師郭吉仁、台權會幹部陳菊的陪同下，在台北看守所特別面會室和闊別了四年多的哥哥馬曉濱見到了面。

這天上午，我們這群記者，風聞馬小琴會到看守所探望胞兄，於是，大夥就守在看守所的大門外，準備採訪相關新聞。上午九點五十分，馬小琴出現了，一群記者們一擁而上，按照慣例，總是會有一兩個記者問那個笨問題：「馬小琴，妳現在有什麼感覺？」但馬小琴什麼話也沒說，她一臉落漠，兩眼紅腫。在看守所副所長的帶領下，上午十點零五分，馬小琴等人進到了特別面會室和馬曉濱見了面。

從七十五年六月十七日，馬曉濱偷渡到韓國之後，兄妹兩人這是第一次見面。但他們怎麼也沒想到，見面的地點會在看守所裡頭。

看到久違了的妹妹，馬曉濱忍不住放聲大哭。看到哥哥哭，馬小琴也跟著哭，兩個人幾乎什麼話都說不出來。

哭了好久，馬曉濱終於說了一句話：「見了妳，比上刑場還難。」

他強忍淚水說，他承認自己犯了錯，但是，他絕對沒有傷害人的意思，從頭到尾，他們從來就沒想過要撕票。他還是不明白，國家為什麼要判他死刑。

馬曉濱哽咽的說，他後悔成為反共義士。他說，就是因為這頂大帽子的壓力太大，他才會在走投無路之下，走上這條不歸路。

另外，馬曉濱也透露一段祕辛。他告訴妹妹馬小琴，四年前，和他一道兒偷渡到南韓的劉德金，事後被情治單位依叛亂罪移送軍法審判，馬曉濱承認，是他向情治單位供出劉德金的本名，才會讓他陷入牢獄。馬曉濱託馬小琴一定要把這件事告訴劉德金，並請劉德金原諒他。馬小琴也告訴他，劉德金在幾個月前剛剛被總統特赦，已經從綠島監獄放出來了，對於當年被馬曉濱出賣一節，劉德金並不計較。事實上，馬小琴來到台灣後，劉德金馬上就跑去找她，還鼓勵她一定要堅強。

馬小琴拿出一封母親親手寫的信，交給哥哥，馬曉濱一看到字跡，忍不住又哭了。這封信的內容很簡單，據馬小琴事後轉述，信裡，媽媽告訴馬曉濱，要他「吸取終生的教訓，不要悲觀失望，要有勇氣對待自己。」

馬曉濱也問到家裡的狀況。馬小琴告訴他，四年前他離家之後不久，祖母就過世了，母親因為擔心他，也有點精神異常，生了重病。最近得知哥哥被判了死刑，全家的心情都很壞。聽到這裡，馬曉濱又是泣不成聲。

會面最後，馬小琴想和哥哥合拍照片，但是看守所不准他們使用相機。經過千請萬託，最後，看守所從總務科借來一台相機，幫他們拍了照。但是，相片不能馬上取得，看守所人員告訴她，這些相片要等她回去大陸時，才能給她。

十點四十五分，四十分鐘的會面時間到了，兄妹兩人哭著分手。

馬小琴出了看守所，看到我們仍然圍在她身邊，只好同意接受採訪。她說，她這次申請來台，可以在台灣停留三個月，所以，她會好好利用這三個月的時間，除了盡量找時間到看守所探望哥哥之外，她也想見見張榮發董事長，爲哥哥之前的行爲向他致歉。另外，如果有可能，她也想見見李總統，希望總統能寬大處理哥哥的事件。最後，馬小琴還不忘一再強調，她非常感謝張榮發先生，因爲張董事長已經公開表示原諒她哥哥了。

馬小琴來到台灣，對於主張給馬曉濱一線生路的團體來說，自然是士氣大振，可是，也或許是因爲這方的聲勢愈來愈大，反而造成了反效果。

七月十九日，最驚人的轉折出現了。

這一天，是星期四。

依我自己主跑司法新聞的經驗，大法官會議每周五定期集會，如果通過了解釋案，就在周五中午發布，以前，從來沒有在星期五以外的時間公布大法官解釋文的先例。可是，七月十九日破了例。

這天中午，司法院大法官會議公布了釋字第二六三號解釋。解釋文中指稱，懲治盜匪條例規定，擄人勒贖罪爲唯一死刑，此一嚴格的立法是否過重，值得立法者檢討；不過，有鑑於此一條例以及刑法中都還有容許法官考量個案情節而減輕其刑的規定，因此，唯一死刑的法條並沒有剝奪法官量刑的裁量權，法官也可以運用法律的規定，避免情輕法重的情形發生，與憲法規定尚無牴觸。

大法官所說的，可以讓法官斟酌或減輕被告刑罰的依據，是刑法第五十七條和第五十九條。

刑法第五十七條規定，法官「科刑時應審酌一切情狀，尤應注意左列事項，爲科刑輕重之標準。」哪些情狀呢？法條規定了十項，其中包括了「犯罪之動機、目的、手段、所受之刺激、所生之危險或損害、犯罪後之態度、犯人之生活狀況、品行、智識程度、與被害人平日之關係。」

有了這十項標準，法官在判決被告刑期時，就可以決定要加重或減輕被判的刑罰。所以，我們常常可以看到，被告如果在證據確鑿下，還是死不認罪，反而口出惡言，那麼，法官就會認爲被告的犯罪後態度不良，而加重被告的刑期。但反之，如果被告誠心悔改，法官也會從輕發落。

但是，要使用刑法第五十七條時，先決的條件是要讓法官有量刑的斟酌空間。舉例來說，殺人罪可以判死刑、無期徒刑或十年以上有期徒刑，法官的空間很大，可以判被告死刑，也可以判被告十年徒刑。可是，如果被告觸犯的法律是唯一死刑之罪，那麼，法官就沒有辦法使用刑法第五十七條爲被告酌加或酌減刑責了，那等於是剝奪了法官的量刑權。

不過，大法官會議釋字第二六三號解釋不這麼認爲，他們指出，刑法第五十九條是解套的方法。這一條法律，經常被法界人士稱之爲「帝王法條」，它的規定很簡單，就是「犯罪之情狀可憫恕者，得酌量減輕其刑。」任何一名被告不管被判了多麼重的罪，只要法官想要從輕發落，都可以引用這條法律，讓被告減輕刑責。換句話說，有了刑法第五十九條，即使觸犯的是唯一死刑之罪，但只要法官認爲被告情堪憫恕，仍然可以予以減刑，因此，唯一死刑就不再是唯一死刑了。但從另一個角度來說，法官要判決被告死刑時，是不是就等於一定要考量有沒有刑法第五十九條適用的餘地？如果犯行眞的不可饒恕，才能在求其生而不可得的情形下，判處被告極刑？

不過，在馬曉濱等人的判決書上，一、二、三審法官都沒有在判決書中交代，他們已經考慮過三名被告不適用刑法第五十九條減刑的理由。若是如此，那麼，馬曉濱等人的案子，判決就有違法之虞，其實是可以構成非常上訴的理由的。

另外，大法官解釋文中也指出，懲治盜匪條例裡，把擄人勒贖罪定爲唯一死刑之罪，這項立法是否過於嚴格？刑責是否過重？立法者應有其思考的餘地。這一部分的解釋，被認爲是相當進步的解釋。因爲，在懲治盜匪條例還沒制定之前，刑法第三百四十七條就有規定，

「意圖勒贖而擄人者，處死刑、無期徒刑或七年以上有期徒刑。因而致人於死或重傷者，處死刑或無期徒刑。」也就是說，在刑法裡面，犯下擄人勒贖罪行的人，不一定要判死刑的。

原本，刑法如此設計的目的，是希望那些犯下綁架案的人能夠想清楚，如果目的只是爲了謀財，那麼只要放肉票一條生路，歹徒落網後就不會被判死刑；但如果歹徒綁架之後又撕票，那就沒什麼好說的，就算不槍決，也至少要判個無期徒刑不可。

可是，這樣的立法目的，到了懲治盜匪條例裡面，就全變了樣。在懲治盜匪條例裡，只要犯下擄人勒贖案，不管有沒有撕票，一律都判死刑。試想，如果你是歹徒，而且也下了決心幹下綁票案，那麼，你會不會把肉票放回去？放了人，也會被判死刑；不放人，一樣判死刑。那麼，對歹徒來說，有什麼誘因讓他不殺肉票呢？把肉票放走後，不是等於送給檢察官一個最有力的證人，屆時可以在法庭上指認綁架案的歹徒嗎？

所以，懲治盜匪條例裡，擄人勒贖罪爲唯一死刑之罪的規定，長年以來一直備受批評。研究法律的學者都認爲，這樣的法律設計，表面上雖然凸顯了治亂世用重典的決心，但實質上，卻等於鼓勵綁架案的被告去殺掉肉票。有些學者更批評，肉票之所以會被撕票，其實不是歹徒要這麼幹的，是法律逼歹徒不得不下重手的。

那天中午，我看到大法官的解釋文之後，馬上跑去台北地方法院，找當初一審判決馬曉濱等人死刑的法官溫耀源。我問他對於大法官的解釋，有什麼看法。

溫耀源法官說，他並不是眞的那麼想判被告死刑。其實，每一位法官在判決被告死刑時，心裡也都有很大的掙扎，當他們寫下判決書時，想到有幾條人命就因爲自己筆下的那幾個字，就要被奪走時，那種壓力與掙扎，不是外人所能理解的。

他反問我：「你怎麼知道我在下判決時，沒有考慮到能不能爲被告減刑？」

他說，法官判案，不僅是依據法條，還要考量是否能對社會大眾交代。溫法官很沉痛的說：「你想想看，他們三個人綁票的金額高達五千萬元，如果不判死刑，怎麼對社會大眾交代？」

他還說，這個案子一到三審都維持死刑判決，顯然他當時所下的判決理由是受到上級審法院的支持的。

我告訴他，被告律師可能會因爲判決書中沒有交代法官量刑時有沒有考量刑法第五十九條，而再提出非常上訴聲請。

溫耀源法官聳一聳肩膀說：「他們可以試試看吧！但我想，成功翻案的機會不大。」

這天傍晚，更驚人的事情發生了。

就在下午五點鐘，公家機關準備下班之際，最高檢察署突然宣布，馬曉濱等人的非常上訴聲請案，已經被駁回了。這一下，大家都傻了。

原本，馬曉濱等人的案子判決定讞之後，律師團分頭聲請非常上訴、大法官釋憲，從某方面來說，這是一種技術拖延的技巧。因爲，雖然法律規定，非常上訴之聲請，不影響刑之執行，但死刑終究不同於別的刑罰，一旦把被告拖出去槍決了，未來如果翻案，人死就不能復生。所以，死刑案如果提出非常上訴，通常，法務部長會因而猶豫，不會那麼快決定要不要批准死刑令。更何況，只要最高檢察署考慮要爲被告提出非常上訴時，案卷就會卡在最高檢察署手上，不會送到法務部，那麼，部長自然就無案可批，不能下令執行死刑了。

這種作法，在美國的死刑案裡最常運用。一名被告從判決死刑，到眞正執行，往往一拖數年或十餘年，道理就是在此。

可是，就在這一天中午，先是司法院大法官會議打破成規，在禮拜四公布了大法官解釋，並認定懲治盜匪條例裡的唯一死刑規定並不違憲；到了傍晚下班前，最高檢察署又駁掉了馬曉濱案的非常上訴聲請。這等於說，在一天之內，整個司法機器動員起來，把馬曉濱在法律上所有可以求生的管道都堵死了。這樣的態勢還不明顯嗎？那不就擺明了，死刑馬上就要執行了嗎？

這天晚上，我到台灣高檢署執行科去找執行檢察官陳追，一如我所料，他還在辦公室加班。我敲了敲門，走進他辦公室。

他看到我之後，有點訝異，問我怎麼這麼晚了還不休息？

我也微笑著問他：「大家都下班了，你怎麼還在辦公室加班？」

我們兩個人都沒點破，但彼此都知道對方心裡在想些什麼。他之所以留在辦公室，是因為半夜要去執行死刑。不過，依照死刑執行規則規定，執行死刑應祕密爲之，所以，我沒問他是不是準備要去執行馬曉濱等人的槍決案，他也沒跟我提到這些事。

我在他辦公室和他隨口閒聊。聊著聊著，我問他：「從你擔任執行檢察官到現在，被你簽提之後押赴刑場槍決的死刑案已經超過一百個人了，你心裡有什麼感想呢？」

他說：「槍決總不是一件好事嘛。但是，如果被告眞的已經罪無可逭，不槍決也不行。不過，社會治安不好，要從很多方面來檢討，不能光靠死刑。死刑的執行，其實只是一種治標的辦法。」

我再問他：「在執行死刑的那一刻，你和死刑犯都共同面對了死亡。不同的是，結果是他死，而你卻是看他死。他們在臨死前一刻，大多是作何反應？你呢？你又如何去看待一個活蹦亂跳的人，在你面前喪失生命？」

他嘆了一口氣，說：「其實，大部分的死刑犯在行刑當天凌晨被叫醒時，就知道自己的大限已至了。一般來說，他們早就有心理準備，所以表現都還很鎭定。當然，也有人會大哭、流淚，或是兩腿發軟走不動，不過，大部分來說，都很認命了。至於我呢？我心裡自然也不會很舒服，可是，我是在執行國法，國家的法律既然求其生而不可得，我也只能依法行事。」

那一晚，我離開他辦公室時，我突然覺得，當晚的他，心情出奇的沉重。

離開陳追的辦公室後，我沒有回家休息。我四處晃了晃，到了凌晨兩點左右，我會同報社的攝影記者，來到了台北看守所圍牆外的民宅。那棟公寓的屋頂，是我們每次採訪死刑執行新聞時必定要來到的定點。

走到了頂樓，我發現，一群記者們早就已經聚集了。攝影記者找好了位置，把高倍數的望遠鏡頭架好，大家就隨意坐在地上休息。我知道，大約還要再等一、兩個小時，執行時間才會到。

就在我們等待的同時，馬小琴和王士杰的母親也在半夜三點鐘趕到了重慶南路二段，李登輝總統的官邸門口，他們希望能夠抓住最後一絲機會，盼望有奇蹟出現。但是，李登輝並沒有出面，也沒有接見他們，更沒有如他們所期盼的，在最後一刻發布特赦令。馬小琴雙手合十，長跪在總統官邸門口，駐衛警雖然覺得不妥，但也不忍心把她趕走，就讓她一直長跪不起。

清晨三點半，看守所戒護人員打開馬曉濱、唐龍、王士杰三個人的舍房大門，告訴他們，要「送監執行」了。其實，在中午時，他們三個人的家屬就去探過監，也告訴他們大法官已經作出了「唯一死刑不違憲」的解釋。所以，他們也很清楚，自己的時間不多了。

他們三人被叫醒後，神情很冷漠，並沒有什麼激烈的反應。戒護人員也沒催他們，只在舍房門口戒護，冷眼看著他們換上衣服。

守在看守所圍牆外的我們，那時當然不知道馬曉濱等人已經被叫醒更衣了。記者群中，還有人在嘟嘟嚷嚷的抱怨，「怎麼這麼久還沒有動靜呀？是不是今天不執行了？」

但我們也沒有等多久。

清晨三點五十五分，有七、八名管理員走到了台北看守所附設台北監獄刑場，開始布置刑堂。接著，刑場的燈光扭亮了，而刑場旁的崗哨也打開了強力探照燈，向四處掃描。

夜半時分，突然而來的燈火，讓我們這群原本有些昏昏欲睡的記者們，全都轉醒了。而附近民宅所飼養的狗，也被這陣的騷動驚醒，一聲聲低沉的狗吠聲，在深夜裡從遠處斷斷續續的傳來。

清晨四點鐘，一輛載著高檢署執行檢察官的黑色轎車駛進刑場，隨後跟著一輛中型巴士。兩輛車在刑場大門停下後，執行檢察官陳追、書記官，以及法醫江紹宗，率同大批法警陸續走進刑場。

我站在屋頂陽台上，大氣也不敢喘，兩眼直鉤鉤的盯著刑場上的一舉一動。

四點二十五分左右，馬曉濱等三個人在看守所人員的扶持下，出現在刑場側門巷道。他們三個人都穿著運動服，在燈光下，我看得到，他們的臉色都相當蒼白，不過步伐仍算穩定。他們的雙手都還銬著手銬，雙腳腳踝上也銬著沉重的腳鐐。每走一步路，腳鐐的鐵鍊拖過地面，就會傳來一聲刺耳的摩擦聲。

他們三個人進入刑場旁的偵查庭後，高檢署檢察官陳追隨即進行簡單偵訊，包括詢問他們三個人的姓名、年籍資料，也告訴他們三個人的上訴、非常上訴都被駁回了。最後，檢察官再問他們有沒有任何意見，但他們三個人只是搖搖頭，不發一語。

偵訊結束後，法警幫他們三人拍照，並且按捺指紋、腳掌紋。馬曉濱等人也漠然的看著這些程序一一進行。

四點四十分，偵訊工作結束，他們步出偵查庭，進入刑場。

刑場內擺放著幾張小方桌，併成一條長桌。馬曉濱、唐龍、王士杰三人，和檢察官、書記官、法醫師面對面相對而坐，桌上已經擺了幾盤牛肉、豆乾、饅頭和高粱酒。三個人都簡單的吃了一點東西，也喝了一點酒，之後，他們放下碗筷，等待最後一刻的到來。

法醫問他們三個人，要不要打麻醉針，他們三人都說要。於是，江紹宗法醫就拿出針筒，幫他們注射。不多時，麻醉藥發作，三個人都趴在桌上不省人事。

站在一旁的法警見狀，隨即迅速的把他們三個人拖到刑場。在刑場的沙地上，三條棉被已經鋪好了，這三個人面朝下的趴在被子上，完全沒有知覺。

法醫指出了三名死囚心臟的部位，三名執行的法警站在死囚身後，掏出手槍，瞄準目標的背部。

四點五十七分，在檢察官一聲令下，三名法警同時開槍。一瞬間，刺耳的槍聲傳出，站在屋頂上的我，心中一驚，但仍然不忘在心裡暗暗數著槍聲。砰！砰！砰！砰！砰！砰！砰！一共七槍。其中，王士杰被打了兩槍之後，仍未斷氣，所以又被補了一槍。

二十分鐘之後，法醫上前驗屍，確定三個人都已經死亡。在旁的雜役於是敲開馬曉濱等三人的腳鐐，其他的人則取出冥紙焚燒。當隱隱的火光從刑場洩出時，天邊也泛起魚肚白。天就要亮了。

葬儀社人員早就在旁待命了。現在，換他們上場了。他們把馬曉濱等三個人的屍首包好，抬上兩輛旅行車，慢慢的駛到了民權東路的台北市立第一殯儀館。

看完了行刑過程，我心中像是塞了一團棉花，很不好受。記者們都沉默的離開這棟民宅的頂樓。

我上了車，在看守所附近繞了幾圈。

在看守所正門旁邊的會客登記處外頭，我看到兩名頭髮及肩的年輕男子，看他們的膚色及臉上的輪廓，不像是台灣人。我下了車，問了問他們，怎麼這麼早就過來了？是要探誰的監呢？

原來，他們兩人是和唐龍一起逃離越南的同伴。他們昨天聽說唐龍可能馬上就要執行死刑了，所以想趕過來排早上的第一班會面，想見他最後一面。我告訴他們，在半個多小時之前，唐龍已經被槍決了。他們全身一震，頹然的坐倒在圍牆邊。

我不知道該怎麼安慰他們，只好默默離去。

稍微休息了一會兒之後，我又趕到市立殯儀館繼續採訪這則新聞。

上午七點半，三名死囚的家屬也來到了殯儀館。馬小琴兩眼通紅，但並沒有流下眼淚來，其餘的家屬則是嚎啕大哭。

在葬儀社人員的引導下，馬小琴走到金爐前，爲死去的哥哥焚燒冥紙。熊熊的火光映照在馬小琴的臉上，她兩眼茫然，我想，這時的她，心已經死了。她一定難以想像，七天之前，她遠赴千里，在看守所見到了哥哥；七天之後，她再看到的，是一具被兩枚子彈貫穿的冰冷屍體。

台北監獄人員也到了殯儀館，他們問馬小琴和唐龍的家屬，要如何處理馬曉濱和唐龍的屍體？落葉歸根，馬、唐兩家人都希望把親人的骨灰帶回大陸安葬。可是，他們也很坦白的說明，他們根本沒有足夠的財力支付相關費用。

台北監獄人員很慨然的表示，基於人道立場，馬曉濱與唐龍的喪葬費用，監獄願意全額負擔。

我不知道馬小琴聽到這話後，心中作何感想。我只看到，她聞言後，兩行清淚從臉龐滑下。

採訪完死囚家屬認屍的新聞後，上午八點半，我趕回法務部，剛好看到部長呂有文正從座車內走出來。我告訴他，幾個小時前，馬曉濱等三個人已經伏法了。他聽到我這麼說，臉上閃過一絲訝異的表情，他連續追問我兩次：「眞的嗎？眞的執行了嗎？」

他說，他昨天下班前批准了死刑執行令。按照規定，高檢署應該在接到命令後三天內執行，所以，今天凌晨執行並沒有不當，只是，連他自己也沒想到，執行的速度會這麼快。看得出來，他的心情也很沉重。

呂有文告訴我，最高檢察署自從收到馬曉濱等三個人的非常上訴聲請案，到昨天決定駁回爲止，歷時一個半月，這已經創下歷年來對死刑非常上訴案審核的紀錄了。而馬曉濱等三個人，自從最高法院判決死刑定讞，到執行死刑爲止，一共花了四十三天的時間，這和以前的死刑犯在判決確定一個星期之內即遭到槍決相比，也創了紀錄，算拖得夠久了。他強調，槍決的程序完全合法，如果外界認爲這是整個行政系運作的「火速槍決」，那絕對是種誤解。

可是，這不是重點。我想問他的是，他眼中只看到四十三天，或是一個半月，但他有沒有想到，從馬曉濱犯案到槍決爲止，中間還歷經起訴、一、二、三審判決，總共只花了九個月的時間，這樣的速度，會不會太快了一點？

我沒問他這個問題，因爲我知道，就算我問了，他也不可能說：「是！」

馬曉濱這個案子就這麼結束了。可是，這麼多年來，我始終認爲，他們三個人是枉死的。

倒不是我認爲他們三個人犯下的綁票案該受到寬恕，不，正好相反，犯法的人本來就應該爲自己的行爲負起責任。我所不能平的是，馬曉濱等三人，綁架了張國明，但他們卻沒有撕票，他們並沒有侵害張國明的生命權，爲什麼國家要奪走他們三個人的性命？什麼叫做罪刑不相當？在這個案子裡，我看到的就是這個。

到了八十八年四月，也就是馬曉濱伏法將近十年後，律師蔡兆誠在《律師雜誌》發表一篇專論，標題是「懲治盜匪條例早已失效」，看完他的論述後，更讓我堅信，馬曉濱的死，眞的是枉死的。

蔡兆誠律師在他的文章中說，根據他的研究發現，懲治盜匪條例是在民國三十三年四月八日制定的，當時，這部法律第十條明文規定，這是一部「限時法」，實施時間一年。換句話說，懲治盜匪條例到三十四年四月八日就已經壽終正寢了。但是，國民政府卻在三十四年四月二十六日，以行政命令方式下令延長懲治盜匪條例的時效一年，並且溯自四月八日起算。可是，一套已經失效的法律，怎麼可以在失效之後，又以行政命令方式讓它再活過來，再用一年？以後，每一年快到了四月八日時，國民政府就再下命令，讓懲治盜匪條例再延長一年適用期。這樣的情形到了民國四十六年，立法院再次修訂懲治盜匪條例，讓它不再具有限時法的特性，而成爲一部刑法的特別法。

從蔡律師的論點可以看出，懲治盜匪條例在施行後的一年期滿時，沒有立即延長它的時效，那麼，這套法律早已失效。這樣的論述是言之成理的。

但也不知爲何，或許是便宜行事的心態所致吧！一套失效的法律卻仍能像僵屍般的在台灣社會上存活這麼多年，而且透過這套法律，還能奪走這麼多條人命。那些死於懲治盜匪條例的被告，難道不算是枉死的嗎？

蔡兆誠律師點出了懲治盜匪條例上的爭議後，司法界和立法、行政院也都面臨了很尷尬的場面。如果，他們承認蔡兆誠律師的說法是對的，那麼，之前幾十年因懲治盜匪條例被判死刑的被告，很可能都屬於誤判，那麼，他們的家屬能不能夠聲請國家賠償呢？但如果政府同意賠償，這樣的代價又未免太大了，而且，人命關天，那不是區區幾百萬或幾千萬就能解決的。

你知道最後怎麼解決這個問題嗎？在九十一年元月八日，立法院無異議廢止了懲治盜匪條例，同年二月一日，這套法律正式失效。廢止的眞正原因，其實就是這套法律早已失效，本來就不該繼續存在。可是，立法院朝野各黨的立委們，沒有人願意承認當年立法的疏失，大家都裝作完全不知情，在一陣和稀泥之後，就把這套法律胡亂的送入太平間。

對他們來說，那感覺就像是之前因爲懲治盜匪條例而枉死的人，從來不曾存在過一樣。

死刑檔案

如果說，數字會說話，那麼，我要報幾個數據給你聽。

根據一九九八年的資料顯示，全世界一百八十六個國家裡，有七十個國家已經完全廢止死刑；有十三個國家在軍法及戰時犯罪之外，已廢止死刑；另有二十三個國家雖有死刑存在，但至少已長達十年未曾執行死刑。以上這些直接或間接停止使用死刑的國家，共有一百零六個。這數量，超過世界國家總數的一半。

同樣的，根據一九九八年的資料，在此前一年內，全世界執行死刑最多的國家，排行第一的是中華人民共和國，當年處決了一〇六七人；剛果第二名，執行了一百名死囚；美國名列第三，執行六十八人；伊朗第四，執行六十七人。台灣呢？以執行三十八人名列第七。不過，這所列的只是執行死刑的人數。如果以人口比例來算，台灣執行死刑的比率，可能高居世界第一、二位。

美國憲法第八修正案規定，禁止政府對人民施予「殘酷且罕見的刑罰」。死刑，算不算得上是一種「殘酷且罕見的刑罰」？這問題見仁見智。一九七二年，美國聯邦最高法院曾經認爲，死刑是一種殘酷且罕見的刑罰，因此認定死刑的存在是一種違憲的行爲。但這項見解到了一九七六年時卻有了改變。這一年，聯邦最高法院改變立場，不再堅持死刑是違憲的，但要求各州必須立出明確的法律，審酌一切情狀，直到被告所有能運用的法律程序全部用盡，才能執行死刑。此後，美國的五十州裡，有三十八州決定恢復死刑。從這一年開始，到二〇

○二年止，全美一共處決了八百二十名死囚；在牢中等待處決的人犯，還有三千七百多名。

二○○三年元月十一日，美國伊利諾州即將卸任的共和黨籍州長雷恩，宣布動用州長的權力，大赦該州全部一百六十七名死刑犯，把他們的死罪一律減爲無期徒刑或四十年有期徒刑。雷恩的大動作，不但轟動全美，連世界各國都相當矚目。一個卸任的州長，運用他最後的權力，大聲的對死刑說「不！」，雷恩的選擇，其實相當值得深思。

台灣的死刑執行件數爲什麼總是高居不下？這和我國的法律裡充塞著大量的死刑條款，有極大的關聯。以一九九○年台灣的刑事法律分析，在普通刑法裡，有四個絕對死刑、十六個相對死刑；在特別刑法裡，有二十四個絕對死刑、五十九個相對死刑；在軍法中，有四十四個絕對死刑、三十一個相對死刑。總計，我國的法律裡，共有七十二個絕對死刑及一○六個相對死刑的條款。法條裡有這麼多的死刑條款，被判死刑、被執行死刑的人數自然也不可能少了。

雖然，法務部長陳定南曾經宣示，他要以漸進式的手段達到廢止死刑的目標，但在國人多半不贊成廢除死刑的意見氣候下，他所能做的，也只有盡量修改法律，把絕對死刑逐步修正爲相對死刑，讓法官在量刑時有更寬廣的斟酌空間。但要達到全面廢除死刑的目標，可還有一段很長的距離呢！

從法務部的統計資料中可以看出，民國七十六年台灣執行死刑人數只有六人，到了七十七年時成長爲二十二人，至七十八年倍增爲六十九人，到了七十九年，更暴增爲七十三人。不過，最近幾年執行死刑人數有下降趨勢，由八十六年的三十八人、八十七年的三十二人，降至八十八年的二十四人。這三年中，總共執行九十四人，而這九十四人中，犯罪年齡介於二十到四十歲的青壯年最多，有七十一人；教育程度以國中、高中具中等教育程度者七十人最多；職業則有一半爲無業。

我國的法律和美國不同。在美國，有權批准死刑執行的人，是州長，同樣的，州長也有權力特赦死刑犯。在我國，有權批准死刑執行令的人，只有一人，那人就是法務部長。那麼，法務部長是不是也有權力赦免死囚的罪刑，讓他們死裡逃生呢？答案是否定的。全國，唯一有權赦免死囚的人，是總統。

我國的法務部長雖然不像美國的州長，有權赦免死刑，不過，法務部長還是有個法律上的漏洞可以鑽，那就是不批准死刑執行令。部長如果不批，死刑就不能執行，那也就等於是變相的赦免了死刑。

以九十二年元月十三日經高等法院再審之後被改判無罪的蘇建和等三名死囚爲例，他們就是在八十四年被判處死刑定讞後，因爲法務部長馬英九不願批准執行令，就這麼一路耗下來。後來繼任的部長廖正豪、城仲模、葉金鳳、陳定南，都沒有批准死刑執行令，他們也就一直沒赴死。等到翻案改判無罪後，自然就不必被槍決了。

不過，蘇建和案當然還有變數。高等法院改判蘇建和等三人無罪後，台灣高檢署檢察官馬上表示不服，提出上訴。全案在九十二年八月八日經最高法院判決，把高院原判決撤銷，發回更審後，案子又進入了不確定狀態。蘇建和等三人最後能不能夠死裡逃生，可能還有很長的一段路要走。

我是主跑司法新聞的記者，以往也常常發一些死刑執行的新聞。在這類的新聞稿中，多半都免不了出現這樣的句子：「某某某被判處死刑，經三審定讞後，由檢察官押赴某某監獄刑場執行槍決。」其實，這麼短短的幾句話裡，就包含了很複雜的法律程序。

首先要注意的是，死刑案件一定都要經過三審之後才能定讞。爲什麼呢？因爲，根據刑事訴訟法第三四四條第四項規定，「宣告死刑或無期徒刑之案件，原審法院應不待上訴，依職權逕送該管上級法院審判，並通知當事人。」因此，即便死刑犯自己不願意提出上訴，但依法，案子還是會一路送到最高法院，完成「三審」的程序才能確定。等到最高法院作出「上訴駁回」的判決後，這件死刑案就等於拍板定讞了。

按理來說，死刑是最嚴厲的刑罰，是要剝奪一個人的生命的，法官在作出判決時，應該已經反覆思量，做到「求其生而不得，則死者與我皆無恨也」的地步才是。可是，事實上眞是如此嗎？似乎也不盡然。

舉個例子來說，七十九年初，我曾經跑過一件很淒慘的酒後駕車肇事案。在這件案子裡，有兩名台北市環保局的掃街婦在清晨掃街時慘遭汽車撞死，肇事的人是文化大學講師陳銘堯。事發當晚，他和朋友聚餐，喝了很大量的烈酒之後，還開車回家。在半路上，他的酒意發作，意識不清，結果，他沒注意到路邊有兩名早起的掃街工正在清理市容，他一車撞去，兩名婦人像是保齡球似的被他接連撞倒在地，而且都當場死亡。

肇事後，陳銘堯還不知道自己闖下大禍，他又開車行駛了一段路之後，終於不勝酒力，把車子停在麥帥公路旁，他自己則躺在駕駛座上昏然睡去。等到警方發現車禍，並循線查到這輛肇事車輛時，陳銘堯仍在車內熟睡不醒。

這件案子發生後，輿論大譁，社會上馬上瀰漫出一股「酒後駕車等於殺人」的肅殺氣氛。在這樣的輿論氛圍下，自然也影響到檢察官辦案時的心情。兩名女清潔工雖然幾乎是在一瞬間先後被撞死，但檢察官卻切割陳銘堯的行爲，認爲他撞死第一人時，是過失致死，撞死第二人時，是殺人，因此，檢察官是用一項過失致死罪，以及一項殺人罪把被告起訴。結果，台北地方法院一審判決時，竟然把陳銘堯判了死刑。

判決一出，連檢察官都嚇了一跳。

我還記得，在宣判當天，當我聽到判決結果後，我馬上跑去找承辦檢察官何明楨，問他對於判決滿不滿意，要不要提起上訴？而何明楨檢察官在得知被告被判處死刑時，他臉色當場變得慘白。

我聽到他喃喃的說：「怎麼會這樣呢？怎麼會判死刑呢？」

當天，檢察官不願意回答我任何問題，他只說，他還要思考思考。但是，過了幾天之後，他卻主動找我，跟我說他下定決心之後所要採取的行動。

他告訴我，就算陳銘堯撞死第二個人的行爲構成殺人罪，但也是屬於「不確定故意殺人」的範疇，和蓄意殺人的行爲究竟有所不同。如果，連不確定故意殺人的行爲都要判死刑，那麼，以後任何一件殺人行爲，豈不都得判死刑？檢察官承認，他把陳銘堯肇事的行爲切割成爲兩項不同的犯罪來處理，骨子裡是有些特殊的考量。因爲，如果連續撞死兩名清潔工，還只能用過失致死罪起訴，他怕社會大眾無法接受。可是，這並不代表檢察官就認爲陳銘堯應該爲他的行爲付出生命作爲代價。他說，法官的判決，讓他有「要五毛，給一塊」的感覺，也令他睡不著覺，良心不安。所以，他後來還特別爲陳銘堯提起上訴，並且堅決表示陳銘堯罪不致死，請上級審法院改判較輕的刑。

果然，這件案子到了二審的時候，法官就改以刑責較輕的過失致死罪來論處。陳銘堯飽受虛驚之後，終於死裡逃生。

再舉一個例子，八十三年元月十七日，台北地院判決一件殺人案。這名被告裴致榮在召妓陪宿之後，與妓女發生口角，進而持刀把妓女殺害，法官判他有期徒刑十三年。在判決書中，法官也承認，被告在行凶之後，一直沒有和被害人家屬達成和解，但是他「平時經常捐血，而且常常捐款救助貧困，素行尚稱良好」，所以從輕發落。

這件判決一出，同樣引起爭議。

兩件案子一對比，有沒有發現相當荒謬？故意殺人的人，只因爲有捐血及捐款的紀錄，就可以只判十三年徒刑；而酒後駕車過失撞死人的人，卻要被判死刑。這樣的判決，符合正義公平嗎？

類似的例子不勝枚舉。例如說，綁票又撕票的歹徒，被判死刑；不撕票的歹徒，也判死刑。我曾經提出質疑，如果不問撕不撕票，都一律判死刑，那不是等於變相鼓勵歹徒綁票後，一定要撕票嗎？

可是，我們的質疑卻有如狗吠火車。掌握審判權的人是法官，不是我們這些小記者，我們呼喊得再大聲，他們也不會理睬。因此，重大刑案被告未來是死是活，大概還得靠一點運氣。如果落在不喜歡判決死刑的法官手上，活下來的機會就很高；如果落在不排斥死刑的法官手上，很可能就會有死無生。

死刑必須經過最高法院作出終審判決。判決死刑定讞之後，最高法院就會把全案的卷宗移給最高檢察署，由檢察總長審核有沒有提出非常上訴的餘地，如果沒有，檢察總長就要把案子再送交給「司法行政最高機關」，也就是法務部。法務部經由檢察司審核後，如果也認爲沒有翻案的空間，就把全案報給部長，由部長批示後，發交給高檢署執行。高檢署收到法務部長的令函後，依規定必須在三天之內執行死刑。

所以，相當矛盾的是，就算法務部長陳定南成天高呼要廢止死刑，但是，他卻是全國唯一有權核定執行死刑的人。就算他心裡再反對死刑，但是依照規定，他卻不得不批准死刑執行令。一個不贊成死刑的人，卻要批准執行死刑，天下間大概沒有比這種事更諷刺的了。

其實，有這種矛盾的，又何止陳定南一人？曾任法務部長，後來高升到司法院擔任副院長的程仲模，當年他的碩士論文題目就是「廢止死刑論」，顯然，他也是反對死刑的人。但他在擔任法務部長期間，也同樣批准過死刑執行命令。

按照刑事訴訟法第四百六十二條規定，「死刑，於監獄內執行之。」所以，理論上，看守所是不能執行死刑的。

爲什麼看守所不能執行死刑呢？這裡，就必須要先說明「看守所」和「監獄」之間的區別。

一般來說，看守所裡面關的人，稱之爲「被告」；在監獄裡的，則稱爲「受刑人」。所謂「被告」，是指所涉案件尚未判決有罪確定，但被法官或檢察官羈押的人；至於受刑人，則是指已經判決定讞，須要服刑之人。

死刑，是一種生命刑，執行死刑和執行有期徒刑一樣，都必須在監獄裡面完成。執行有期徒刑時，司法機關必須把原本羈押在看守所中的被告移到監獄去執行，同樣的，執行死刑時，也要採取相同的程序。但是，執行死刑終究和執行有期徒刑不一樣，死刑犯在自知難逃一死之後，通常會想盡辦法逃亡，如果要送監執行，這樣的解送過程就很有可能發生變數。以台北地區來說，台北看守所位於台北縣土城，但台北監獄卻位於桃園龜山，兩者路途遙遠，如果要把死刑犯從土城移送到桃園龜山再執行，光是戒護人力就不知道要花上多少。為了解決這道難題，司法機關就想到一個好方法，那就是在台北看守所裡設立一塊「租界地」。也就是說，在看守所的一角，畫出一塊獨立的區域，掛上一塊銜牌，上頭寫著「台北監獄刑場」。要執行死刑時，只要把死囚從看守所內的牢房拖出來，送到這塊小區域裡，也就等於到了監獄的刑場，那就符合了法律的規定了。

執行死刑時，有一群人要到場。這些人包括了：一、死刑犯：死刑犯是主角，當然不可或缺。二、檢察官和書記官：要驗明正身，並作最後的訊問工作。三、法醫：負責為死囚注射麻醉針，並在死刑執行完畢後負責驗屍。四、法警：其中一名法警負責執行槍決工作，其餘的法警則擔任戒護工作。五、監所相關人員：包括了典獄長、看守所所長、看守所管理員及雜役等等。所以，執行一趟死刑，可真是工程耗大，動員人力無數呢！

早年，執行死刑的時間多半是在凌晨三點到五點之間。選擇這樣的時間，最主要的原因是考慮到夜半時分執行死刑，比較不會吵到其他的受刑人。可是，這種時間其實很不人道。因為，對已經判決定讞的死囚來說，他們根本無法入睡。他們不知道，如果就這麼一覺睡下去，能不能看到第二天的太陽，所以，每天晚上，死刑犯在牢舍裡享用其他人犯爲他準備的「送行大餐」後，有的人就在囚室裡靜坐、打禪、禱告，有的人就開始寫遺書，有的人則是不斷的在小小的斗室內繞著圈子走來走去，一直要耗到天亮了，而且不見管理員走進牢舍，才能確定自己又可以多活一天，這才敢睡覺。但這天晚上，相同的情況又再度上演，又要熬一個不知能不能看到隔天太陽的長夜。

對於其他的執行人員而言，如果半夜三點要執行死刑，那無異代表著前一晚也不能入眠，必須熬夜準備相關工作。而等到執行完畢後，天都已經大亮，過不了幾個小時又到了上班時間，根本沒有休息的機會。

既然「凌晨三點槍響」有諸多不便，那不如就把執行的時間提早。所以，到了八十四年七月，執行死刑的時間就提早到晚上九點，執行完畢後，工作人員還可以回家補眠一番，免得第二天上班時打瞌睡。

死刑不是時時刻刻都可以執行的。依照刑事訴訟法第四百六十五條規定，「受死刑之諭知者，如在心神喪失中，由司法行政最高機關命令停止執行。受死刑諭知之婦女懷胎者，於其生產前，由司法行政最高機關命令停止執行。」另外，按照監獄行刑法第三十一條規定，國定例假日也不能執行死刑。

我國司法單位執行死刑的方式，一律都採用槍決。雖然，在監獄行刑法第九十條規定，

「死刑用藥劑注射或槍斃。」不過，在台灣執行死刑時，幾乎都沒有採用過槍決以外的方式執行。

事實上，舊版的監獄行刑法裡，列出的死刑執行方式，可不只槍決一種，它還包括了絞刑、注射刑、電刑、瓦斯刑等等。但是，如果要選擇槍決以外的執行方式，首先遇到的問題，就是設備。如果採用絞刑，就要架設絞台；要用電刑，就得準備電椅；若用瓦斯刑，更要設置毒氣室；至於注射刑，那就得準備毒劑。

民國六十二年，當時的司法行政部長王任遠，曾派員到國外考察死刑執行方式，後來也打算在台北看守所附設的台北監獄刑場增設毒氣室。主意定下來之後，司法行政部就發函給國內的一些營造商，問他們有沒有興趣承接建造毒氣室的工程。想不到，這份函件發出去之後，過了兩年，只有榮工處一家回函，而且是明確表示不願承包這項工程，其他的營造商根本置之不理，整個計畫只好不了了之。

關於這一點，我曾經採訪過國內的幾家營造商，據他們告訴我，我國傳統營造業都很忌諱建造監獄或是看守所。如果實在逼不得已，非蓋不可，那麼，等到蓋好了之後，施工的工人們都還得在這棟新蓋好的監所裡住上一夜，以便去掉楣運。可想而知，如果連監獄都沒什麼人願意蓋，更何況是奪人性命的死刑刑場呢？

另外，法務部後來也考慮到一個問題，如果死刑執行的方式眞的變得多元化，那麼，要執行死刑時，該由誰來決定要採用何種方式執行呢？最高法院的法官說，他們只負責判決，不負責決定執行的方式；高檢署執行檢察官說，看執行機關有什麼設備，就用什麼方式執行；監所人員卻說，要用什麼方式，應該是由檢察官決定。好啦！假設刑場裡，既有絞台，也有毒氣室，更有槍決用的沙場，那該怎麼辦？能不能由死囚自己來挑選一種讓他比較滿意的死法呢？好像也沒有答案。既然多一事不如少一事，乾脆就維持槍決這種單一死刑執行方式算了。

講到槍決，其實也是很有學問的。

在電影裡，有時會看到槍決人犯的鏡頭，很多觀眾也被誤導，以爲執行槍決時，是把人犯的眼睛蒙住，綁在一根柱子上，劊子手在遠距離拿著長槍瞄準之後，再開槍射擊。但事實上，根本不是這麼一回事。

執行槍決，用的是手槍，而不是步槍。早年，司法機關執行死刑的手槍是點三八口徑的左輪槍，這種槍射擊時的聲音非常大，所以常會擾人清夢，讓住在刑場附近的居民睡不安枕。民國八十一年八月之後，法務部採購了一批滅音槍，這才解決了槍決時候的噪音問題。

槍決時，射擊的部位是心臟。不過，是由背部射入，而非由前胸射擊。執行死刑規則規定，「執行槍斃時，行刑人與受刑人距離，不得逾二公尺。」由此可見，槍決時，劊子手和死囚的距離是相當接近的。

我曾經採訪過高檢署一位法警，他以前服役時的兵種是憲兵單位，他的個性很沉穩，槍法也很準，所以，高檢署每次執行死刑時，大多都由他擔綱充任劊子手。他告訴我，依照規定，高檢署的法警們應該輪流執行死刑，不過，大多數的法警都不願意幹這檔子事，所以，不管輪到誰服勤，每次別人都會拜託他去做。

我問他，「怕不怕？」他笑笑的回答我，「有什麼好怕的？」我後來想想，也對。他怕什麼呢？該怕的，應該是生命即將結束的死囚，而不是他呀！

整個死刑的執行過程是這樣的。

執行時刻到了之後，監所的管理員會到死囚的牢房，把死囚叫醒，並且告訴他，他的案子已被「上訴駁回」，必須要「送監執行」了。

死囚知道自己的大限已到，就會默默的換上一套「上路」時要穿的衣服。這衣服並不好穿。因爲，死刑犯自從第一次被判處死刑之後，他就必須被釘上腳鐐，而且，這種腳鐐是用鉚釘釘死的，除非等到伏法，或是死刑被推翻，否則都不能解下來。

死囚戴著腳鐐，要換衣服當然很困難。不過，他們在監所裡待久了，都自然而然的練就了一身換衣的本領，所以，這點小小的困難，倒也難不倒他們。但是，可能是因爲已經走到生命的最後一刻了，死囚最後一次換衣時，動作都會特別的慢，這大概也有一點「多拖一刻是一刻」的味道。

衣服換好了之後，管理人員就會把人犯押解到看守所附設的刑場去。

早年，這一段路都是用走的。半夜時刻，死囚的腳鐐在地上劃過，發出刺耳的摩擦聲，這種場面很令人難受。有些死囚也可能因爲嚇得走不動了，還得由管理人員拖著走。近年來，法務部規定，這段「最後之路」不必再走了，看守所會在舍房門口準備一輛廂型車，把死囚直接載到刑場去，於是，死囚走上人生最後一段路的場面就不再出現了。

死刑犯到了刑場之後，會先進到一間偵查庭。高檢署執行檢察官和書記官都已正襟危坐，一臉肅容。檢察官會先驗明正身，確定送過來的人，就是要執行的死囚。因爲，如果執行錯了人，那問題可嚴重了。

驗明正身之後，檢察官會告訴死刑犯，他的案子已經判決定讞了，有沒有什麼話要說？這時，就看死刑犯要不要交代些遺言了。有些死刑犯話還很多，一說就不休，有些死刑犯則是三言兩語，把後事交代清楚就算了。

結束最後這一場庭訊之後，監所管理員就會幫死刑犯拍照存檔。接著，死囚就被押出偵查庭，走到刑場去。

刑場設於室外，早年是露天的空地，後來考慮到執行死刑應祕密爲之，所以就在刑場上方加蓋了鐵皮屋頂，地上鋪滿了黃沙，上面墊著一床棉被。在刑場旁邊，有一張小桌子，桌上準備了一些滷菜、滷蛋、饅頭、包子、牛肉、高粱酒、香菸，這就是受刑人的最後一餐了。吃或不吃，都由受刑人自己決定。

吃完了最後一餐，法醫就會問死囚要不要注射麻醉針，絕大多數的死囚都會選擇「要！」，而這種麻醉藥劑非常厲害，注入靜脈之後，大約八秒鐘，死囚就會失去知覺。

不過，早年執行死刑時，並沒有為死刑犯施打麻醉藥的規矩。可是，正由於不打麻醉針，死刑犯中彈之後，不一定會馬上死亡，這時，就會讓死刑犯出現渾身扭曲、掙扎的場面，這種恐怖的鏡頭，常常會把一些剛出道的槍手嚇壞了。後來，司法機關才研議，不如為死刑犯先打一針麻藥，一方面可以減少死囚執行時的痛苦，二方面也不會讓死刑執行時的場面太過血腥、殘忍。

早先，麻醉藥並不是用注射的，而是拿一條浸過「哥羅芳」之類麻醉藥的毛巾，掩住死囚的口鼻，讓他吸入之後昏迷。為什麼後來會改成注射麻醉針，說法很多。有一種說法是，有一次，法醫要拿毛巾蒙住人犯的口鼻時，這名死刑犯卻突然間張口反咬法醫的手，當下血流如注，更慘的是，毛巾上的麻醉藥還滲入傷口裡，結果法醫當場昏倒。有了這次的意外之後，才改用打針的方式麻醉死刑犯。

改採注射方式之後，也出過一次問題。

有一次，法醫要為一名死刑犯打針時，這名死囚因為長期施打毒品，所以全身的血管都已經硬化，根本找不到可以下針的血管。這名法醫緊張得滿頭大汗，打了好幾針，就是扎不進血管，而這名死刑犯卻被白白的被多戳了好幾針。最後，死刑犯受不了，他一把搶過法醫手上的針筒，用平常慣用的施打毒品手法，一針就刺到自己的血管裡，完成了注射的程序，幫了自己，也幫了法醫一個忙。

當然，也不是每一個死囚都會選擇要接受麻醉的，例如，槍擊要犯吳新華就拒絕打麻醉針。以前，曾有另一名死刑犯也堅決不打針，法警在連開兩槍之後，依慣例朝死囚的屁股踢了一腳，這種作法據說是爲了確定人犯死了沒有，另方面也是要把死囚的靈魂踢出體外，讓他可以投胎。沒想到，這名死囚被踢了一腳之後，卻沉聲說：「不要踢啦！我一定會死的啦！」當場，把法警給嚇呆了。

死刑犯被麻醉了之後，監所的雜役就把他拖到刑場，讓他趴在鋪好的棉被上，以利槍手行刑。

其實，以前槍決人犯時，人犯是跪在刑場上，而不是趴著的。槍手從後方朝著跪在地上的死囚開槍，子彈擊中人犯身體時，巨大的撞擊力會把死囚撞趴在地，這樣的景像當然也很殘忍，所以後來才決定改讓人犯直接趴在地上受刑。但即便如此，當子彈穿透人體那一瞬間，死刑犯的軀體還是會彈跳起來，那場面還是相當可怕的。

當死刑犯趴在地上後，法醫就會上前把他的衣服撩起來，指著心臟的部位，告訴執行的槍手要射擊什麼位置。

如果，槍手是個新人，經驗不足，有時法醫還會在死刑犯的背部畫上一個圈圈，或是擺張紙片、撒點沙土做個記號，讓槍手比較好瞄準。

開槍時，槍手的手槍距離死刑犯的背部相當近，這樣的作法是避免失手。不過，距離太近有時也會有風險，因爲，如果槍法很準，一槍打中了心臟，那麼，大量的血液就會像噴泉一樣的激射而出。所以，有經驗的法警都知道，一開完槍之後，持槍的那隻手就要馬上揚起來，以免被血濺到。因爲，據說沾到死刑犯的血會不吉利。

當然，槍手偶爾也會有失手，打不到心臟的時候。這時，他就會發現，死刑犯傷口的血液，是汩汩的流出來，而不是噴濺而出。出現這種情形時，槍手就要再補上一槍。

之前提到的吳新華，就是一個例子。他的心臟偏右，和一般人不同。他要伏法時，不但不肯施打麻藥，而且也不願趴著，他堅持要坐著受死。結果，法警連開了五槍，包括一槍未擊發，但命中左胸的四槍，都沒有大量出血，吳新華也未喪命。法警嚇得手軟，問法醫要不要試試看打右胸，法醫點點頭，法警於是再度開槍。這槍下去，才湧出大量鮮血，吳新華終於斃命。

以前，坊間對於死刑執行，有很多種不實的傳說。其中一種是說，如果死囚被打了三槍還沒死，那就代表他是被冤枉的，老天不讓他死，所以，槍手也不能再打下去，必須馬上把他救活，法院也會改判受刑人無期徒刑。但是，從吳新華的案例裡，就可以知道，這種傳說根本就是胡言亂語，執行死刑只有一個目的，那就是——「一定要給他死！」

民國八十年，執行死刑的方式又有了變化。槍擊的部位除了受刑人的心臟之外，又多了一個選擇，那就是打頭部。

爲什麼要打頭部呢？原來，在前一年，台大醫院朱樹勳教授極力推動死刑犯捐贈器官的計畫。他認爲，國內很多重大病患都需要器官移植，但是，要找到適合的腦死病人並不容易，死刑犯既然非死不可，還不如勸他們做做好事，如果他們願意贖罪，願意遺愛世人，同意捐贈器官，那麼，執行死刑時，就不要打胸部，免得浪費了一顆寶貴的心臟。朱教授認爲，子彈只要貫穿腦部，就可以達到腦死的要求，從醫學的角度來說，腦死其實也就等於死亡了，這時，只要趕快把死囚送到醫院裡摘除器官，那就可以順利移植到有需要的病患身上了。

朱樹勳教授的構想，獲得法務部的同意。於是，從民國八十年起，只要死刑犯伏法之前簽下同意書，表示自願同意捐出器官，法警就不打心臟，改由耳根的部位開槍，讓子彈穿過死囚的後腦。這樣的作法，還有一個好處，由於子彈是從後腦穿過，所以死囚的臉部並不會看到任何傷口，換句話說，連眼角膜都可以保存下來，捐給有需要的人使用。

如果要打頭部，死囚臨死時就不是趴在地上，而是仰臥在沙場上。槍手把手槍貼著死囚的右耳後方，往左耳方向開槍，當板機扣下時，子彈瞬間從左耳後方穿出，而鮮血和腦漿也跟著噴灑一地。通常，一槍就可以讓死刑犯達到腦死的程度。

不過，改打腦部，當然也會有失手的時候。

民國八十年四月十五日凌晨，也就是法務部同意讓死刑犯捐贈器官，槍決時候可以改打頭部的規定實施不久時，台灣高檢署執行兩名要犯黃嘉慶、鄧志明的死刑。這兩人都簽下了器官捐贈同意書，所以執行時，槍手都改打他們的頭部。這兩人都在被射擊一槍之後，經法醫判定為腦死。結束執行程序後，兩名死囚就被送往台北榮總醫院，準備進行器官摘除手術。

沒想到，當醫生要為黃嘉慶摘除器官時，卻發現黃嘉慶的腦波出現了波動的反應。換句話說，從醫學的觀點來看，黃嘉慶還是個活人，並沒有達到腦死的程度。

這下子，醫生全部都呆掉了。

該怎麼辦呢？如果，躺在手術檯上的，是個活人，那麼，醫生從他身上摘除器官，不就等於在進行一項殺人行為了嗎？醫生的工作是救人，不是殺人，這種事怎麼能做呢？榮總的醫生們全部都拒絕為黃嘉慶摘除器官。

身上插著點滴的黃嘉慶就這麼躺在榮總的手術檯上一天。他的生命力特別頑強，過了一天之後，他不但沒有死亡，狀況反而卻愈來愈好。由於以前從來沒有出現過被槍決的死刑犯死而復生的情形，所以大家都傻了，不知道該如何是好。

這項消息傳出來之後，我馬上跑去訪問執行檢察官該如何處理？我還開玩笑的問他，是不是要像坊間傳說的，如果打三槍不死，就可以赦免他的死罪，改判爲無期徒刑？

檢察官很肯定的告訴我，打不死就赦免死罪的說法，是無稽之談。因爲，死刑犯一定要死掉，才算合法，不死就不合法，所以，一定要讓他死。他也告訴我，這名死囚不是沒死，而是還有生命跡象，如果執行之後沒有進行急救，他早就死了。不過，既然這名死囚已經被插上了呼吸器，醫生又不願動手拔掉他的維生設備，讓他死亡，也不願意就這樣和稀泥的爲他摘除器官，那麼，沒得說，這名死囚必須再補行一次槍決。

十六日中午，榮總的救護車把黃嘉慶從醫院再載回土城的刑場，槍手再朝著他的腦袋開了一槍，這一次，黃嘉慶才死透了。

執行完畢之後，救護車趕忙把黃嘉慶的遺體運回醫院，準備摘除器官。可是，腦部中了兩槍的黃嘉慶可熬不過來了，在半途中，他不但已經腦死，連心臟都已經停止跳動。這次，他是百分之百的死亡了。等到送到醫院之後，他身上大部分重要的器官都已經壞死，無法捐出了。

在這次的事件發生後，榮總受到了很大的震撼，也開始思考，醫生的工作究竟是什麼。是救人？還是殺人？死刑犯當然非死不可，從這個角度來看，醫生就算知道已經伏法的死刑犯仍有生命跡象，那又如何？爲了保持器官的新鮮度，爲了嘉惠那些急需器官移植的病患，醫生似乎應該對死刑犯「仍然活著」的這種現象假裝視而不見，不去考慮他的死活問題，直接摘除他身上的器官。反正，等到器官摘除完畢後，這名死刑犯一定就死透了，不是嗎？

但從另一個角度看，如果醫生的職責是救人，那麼，當醫生發現腦死的死囚又有了生命跡象，理當施以急救。可是，救回來的死囚，卻必須交由監所人員再拖回刑場，再補上一槍，把他的腦袋打得像摔爛的西瓜之後，再送回醫院去摘取器官，這對死刑犯以及他的家屬來說，難道不是更加的殘忍嗎？

這道醫學倫理上的難題，榮總找不到解決的方案，最好的辦法，就是拒絕摘除死刑犯的器官。所以，從黃嘉慶事件後，榮總就退出摘除死刑犯器官的行列。不久之後，連原本倡議死刑犯捐贈器官的台大醫院，也拒絕接受摘除死刑犯的器官。到最後，全國唯一還從事這項器官摘除、移植工作的，就只剩下林口長庚醫院了。

我曾經到林口長庚醫院採訪。在醫院一樓的一面牆上，掛著四塊大大的布告板，上面懸著很多面的小銅牌，每面銅牌上都刻著一個人的名字，這些人，都是捐贈器官的往生者。

我曾經站在這面牆前良久，一一讀著這些亡者的姓名。當中，有很多名字都是我筆下寫過的新聞人物，他們都是死囚。

我知道，過了多年之後，當新聞熱潮退去之後，絕大多數站在這面牆前的民眾，都不會記得那些名字後面的故事，但他們都會想到，銅牌上的那個名字，在到達人生的終點站之前，以無比的大愛捐出他們的器官，遺愛世人。想著想著，我不禁又感慨起來了。

死刑犯伏法之後，他腳上的腳鐐才能卸下。這項工作，是由監所裡的雜役負責。雜役會拿著鐵鎚，一鎚一鎚的敲著腳鐐上的鉚釘，把整副腳鐐敲開。那一聲一聲的金屬敲擊聲，在靜靜的刑場裡，特別刺耳。每當我們聽到這樣的聲音時，就知道，又有一名死囚已經永遠的與世隔絕了。

在監獄裡，有很多特殊的規矩。例如說，死刑犯要上刑場之前，他會在他的腳鐐裡綁上一張鈔票，這錢，是送給爲他敲開腳鐐的雜役的。而解下來的腳鐐，也有很多人爭著要，好比說，剛剛被判死刑的人，就很喜歡戴上曾經伏法的死刑犯的腳鐐。因爲，聽說一副腳鐐只能送走一條人命，戴上這樣的腳鐐，自己的官司在上訴時就很有可能會改判，有機會死裡逃生。不過，這當然也是無稽之談啦！眞是犯下滔天大罪之人，也不可能因爲戴著這樣的腳鐐，而獲得輕判的。但對於掙扎在生死一線間的重刑犯來說，還是寧可信其有，不可信其無。

行刑結束後，葬儀社人員就會從刑場後門進來，扛著一片由不鏽鋼板打造成的擔架，把死刑犯的屍體運走。爲了避免運送屍體時，死囚身上的傷口還不斷滴著血，他們會用原本墊在受刑人身下的棉被裹住屍體，綑成一綑之後再扛走，送到殯儀館裡料理後事。

從生到死，一場死刑執行過程，就這麼結束了。

在我國的司法史上，執行槍決次數最多的一位檢察官名叫陳追。他名字中的那個「追」字，讓人有一種「追命人」的聯想。從民國七十七年開始，到八十年底，他都在台灣高檢署擔任執行檢察官的工作。第一年，他執行了九件死刑案；第二年，有四十一人遭他槍決；第三年，他槍決了四十六人；第四年，有二十六人。合計在四年之內，他一共送走了一百二十二名死囚。這項紀錄，大概無人能夠打破。

我曾經很好奇的問過他，看過這一百多人由生到死的場面，心裡難道不會覺得怪怪的？半夜不會作惡夢嗎？不會想要換工作嗎？

陳追告訴我，他不拜佛、不吃素，也不會作惡夢。在他心裡，執行死刑只是一件工作，雖然感覺會有些不愉快，但都還能夠順利調適。他雖然希望最好沒有死刑的存在，也不希望有人死在他手中，但既然擔任這項工作，也只能依法行事。他說，他最高紀錄是一次執行四名死刑犯的死刑。雖然他沒有仔細描述那個過程，但我想到，四名死囚一字兒排開，趴在沙地上，由法警從背後一一開槍，那場面應該也是相當可怕了。

他也告訴我，執行死刑並不是把死刑犯打死就算了，其實，整個程序是相當繁複而嚴謹的。例如，死刑犯執行前要先拍照，等到執行完畢之後，還要再拍一次照片，以確定被槍決的，眞的是這名死囚，沒有中途掉包；執行之後，擊發的彈殼也要全部收集回來，附在卷宗裡作爲證物；另外，他還要督導法醫開立死亡證明書。相關程序是很冗長的。

他也抨擊，老共執行死刑的作法更殘酷。因為，老共雖然和我們一樣，執行死刑的方式都用槍決，但和我們司法制度不同的是，他們在執行完畢之後，會寄一張帳單給受刑人家屬，要家屬付子彈錢。

有一次，在我的要求之下，他還破例把兩枚剛剛奪取一名死囚性命的彈殼拿給我看。我拿著這兩枚彈殼，心裡想著，才在幾個小時之前，有一個人就被這兩顆子彈奪走了生命，那種感覺，眞的很奇特。

如果說，檢察官陳追是執行死刑最多的一位檢察官，那麼，我接下來要說的這個人，他的「業績」可比陳追還要壯觀呢！

這人名叫江紹宗，在台灣高檢署擔任過四十多年的法醫，而且，在這四十多年裡，他也是唯一的一位「刑場法醫」。四十幾年來，每一次高檢署執行死刑時，他都得在場，前前後後，他目睹過幾百個活生生的人，在他眼前斷氣，這項紀錄，在台灣絕對是空前絕後的。

少校軍醫退役的江紹宗，在民國三十九年來台。最初，他在強恕中學擔任校醫，民國四十年，他因緣際會的幫學校常務董事的孩子診斷出患了百日咳，沒有延誤就醫，獲得常董的信賴。這位常董，正好就是當時的台灣高檢處首席檢察官洪鈞培。為此，洪鈞培特別聘請他到高檢處擔任法醫。

一開始，洪鈞培「哄」他，高檢處的法醫不用驗屍，只要處理文書作業即可。江紹宗搞不清楚狀況，一頭栽下，沒想到，就此結下不解之緣。

在我採訪時，江紹宗苦笑著回憶說，洪鈞培其實並沒有騙他，高檢處的法醫確實不必外勤相驗屍體，但是，洪鈞培並沒有告訴他，死刑執行時，高檢處必須派一位法醫到場。

民國四十二年，江紹宗負責執行第一件死刑案。他還記得，前一天晚上他被告知，第二天清晨有「大事」要辦，他心情緊張得一夜難眠。翌日清晨四點鐘，他被叫醒，到達刑場，恍如作夢般的看著一件死刑案在他眼前執行完畢。

民國六十六年，江紹宗從高檢署退休，不過，沒有人願意接替他的工作，高檢署只好聘請他爲特約法醫師，繼續負責執行死刑的任務。這項工作一直持續到八十七、八年，他八十多歲時，才終於辭掉。

江紹宗很無奈的說，八年抗戰時，他在遍地殺戮的戰場上用盡全力挽救生命，但在如今這個承平世界中，他卻要爲一個又一個的死刑犯施打麻醉針，然後，再看著這些人趴在他眼前的沙地上喪命。除了造化弄人，還能說些什麼呢？

當了十來年的記者，我採訪死刑執行的新聞也有好幾次，每一次採訪死刑犯伏法的新聞，都讓我感慨良多。這其中，最讓我難忘的，有五件。分別是七十九年七月二十日被執行死刑的馬曉濱、唐龍、王士杰，八十年十一月七日的胡關寶，八十二年三月二十三日的劉煥榮，八十七年十二月九日的莊清枝，以及八十八年十月六日的陳進興。

這五件死刑案裡，馬曉濱與陳進興的行刑過程，已在前面的檔案中提過，胡關寶則會再另文細訴，在此就先不提了。我想談的，是劉煥榮和莊清枝案。

先說莊清枝案好了。

莊清枝因爲與購屋的建商發生糾紛，又因爲無力負擔高額的房屋貸款，在八十六年元月三日時，他把建商的高齡父母陳金子夫婦擄走，並寫恐嚇信勒索，事後又用手套、絲襪塞入陳金子的口裡，造成陳金子窒息死亡。這樣的行爲，構成了擄人勒贖而殺被害人的死罪，三審定讞，莊清枝被判死刑確定。

在等待執行時，莊清枝的前妻卻決定與他破鏡重圓。他們向台北看守所申請後，所方也同意讓他們在八十七年十二月十日，在看守所裡完婚。這等於也讓莊清枝了卻一樁心願，比較能夠不留遺憾的受死。

沒想到，在婚禮的前一天，也就是十二月九日晚上九點多，高檢署的執行檢察官卻帶著相關人員到了看守所，下令把莊清枝押赴刑場槍決。

第二天早上，原本等著要重披婚紗的新娘，接到了噩耗，整個人驚呆了。一場婚禮變喪禮的悲劇，讓莊清枝的前妻無法接受，她四處陳情，質問司法機關爲何要開這場殘忍的玩笑？但沒人說得出原因。

高檢署方面說，他們根本不知道有這場婚禮即將舉行。事實上，他們接到法務部執行死刑的命令已經到了第三天了，依照規定，這是最後一天，不能再拖，所以他們必須執行死刑。而看守所方面則說，他們在事前也不知道法務部長已經批准了死刑執行令，所以才會准許莊清枝成婚，哪裡曉得會有這種陰錯陽差的事情發生。

儘管高檢署和台北看守所把責任推來推去，但我相信，不管責任在誰身上，這樁悲劇的發生，都是不可原諒的事情。

也因爲發生了莊清枝死前無法完婚的憾事，一年之後，法務部修正了「審核死刑案件執行實施要點」。這項修正後的新規定要求，在執行死刑之前，一定要注意有沒有存在著不能執行死刑的理由，只要發現有任何一點符合相關規定的地方，死刑就可以暫緩執行。

可以這麼說，這個「審核死刑案件執行實施要點」，是拿莊清枝未竟的遺願換來的。

另外一件讓我印象相當深刻的死刑案件，是劉煥榮案。

素有「冷面殺手」之稱的劉煥榮是竹聯幫的大哥級人物，從小，他就住在眷村。幼年時的劉煥榮，家境不好，爲了幫助家計，他只好在市場賣水果，以貼補家用。但因爲人單勢孤，所以經常受到一些小流氓的欺負，水果攤子也被砸過幾次。到了高中時代，劉煥榮就加入了「北屯圓環幫」以及「小梅花幫」。有了幫派的背景，劉煥榮行事作風變得凶狠起來，而且在道上也逐漸闖出了名號，之後，竹聯幫見他可用，就吸收他加入。

民間七十年代，劉煥榮犯下了四件命案，槍殺了五個人。這其中，他槍殺黑道大哥楊柏峰、誘殺另外一名大哥游國麟、在台北縣坪林鄉的山區以私刑處決幫內弟兄等幾件血案，都曾是轟動全國的重大新聞。劉煥榮也因此被刑事警察局列名爲全國十大槍擊要犯之一。

犯下這麼多件血案，劉煥榮眼見無法再繼續在國內生存，他只好避走國外，直到七十五年三月，才被刑事警察局從日本押解回國受審。

劉煥榮的案子非常特別。他跑路在國外時，他所犯下的殺人案，分別由台北、桃園、台中三個法院審理，他也被這三個法院分頭通緝。等到他被押解回國後，三個法院就同時開庭審理他的案子。

從數字上來看，劉煥榮是個殺害五人的連續殺人犯。不過，由於他的案子被割裂在三個法院審理，在每一位承審法官手上，劉煥榮就變成只殺一人或兩人的殺人犯。又由於他所殺之人，多半也是黑道人物，並非一般手無寸鐵的善良百姓，也因此，法官在判決他的案子時，通常都會比較寬容些。四件案子中，他有的案子就被判處無期徒刑，而非死刑。

到了民國八十年時，政府公布「中華民國八十年罪犯減刑條例」。這次減刑的範圍相當大，連原本被判處死刑的人，都可以減輕爲無期徒刑。不過，減刑條例第三條第一項第十二款有例外規定，那即是「犯刑法第二百七十一條第一項之罪二次以上，或一次犯同條項之罪而被害人二人以上，或被害人係依法執行職務之公務員者，不予減刑。」

刑法第二百七十一條是殺人罪，這項規定指的就是說，如果犯下兩次殺人罪，或是犯一次殺人罪，但殺了兩個人以上時，就不能減刑。這樣的規定很奇怪。有人認爲，當年立法院會通過這樣的條款，是爲正在獄中服刑的陳啓禮、吳敦、汪希苓等人量身訂做的特殊條款。因爲，陳啓禮這幫人涉及了江南命案，正在獄中服刑，由於他們只殺了一個人，所以可以用這條條款減刑。不過，政府當然是否認有這樣的考慮。

不管如何，從案情來看，劉煥榮是絕對不符合這項減刑規定的。因爲，他犯下了四件命案，殺了五個人，遠遠超過只殺一人才可減刑的標準。但是，不知道法官是不是眞的活在象牙塔裡面，承審劉煥榮案的一位法官，竟然無視於劉煥榮背負五條人命的事實，僅就他承審的案卷裡，劉煥榮僅殺一人，而引用八十年減刑條例的規定，把原本判決的死刑減爲無期徒刑。

這樣的判決當然嚴重違法。因此，檢察官在提出上訴之後，這件案子就被撤銷，發回更審。但也因爲這樣，劉煥榮的案子前前後後一共纏訟了七年，到了八十二年才告定讞。

以現在的眼光來看，同一名被告的案子被割裂在三個不同的法院審理，那是非常不可思議的事。按照正常的司法程序，同一名被告的案子都會集中併案給一個法院審理。劉煥榮案當初如果也照這樣的程序來走，可能不到兩年，全案就可以定讞，他的死刑也早就執行了。

劉煥榮的官司打了七年，劉煥榮也在台北看守所待了七年。這七年裡，更生團契牧師黃明鎮經常到看守所裡探望他。到後來，劉煥榮好像也受到了感化，他在獄中開始畫國畫，而且畫得極好，他畫的馬和鍾馗都相當有名，還曾經送到看守所外展出過。劉煥榮說，如果他能逃過一死，將來一定會洗心革面，重新做人。

劉煥榮決定改過向善的消息慢慢的從看守所裡傳出，這時，一些反對死刑的社運團體，也開始發動輿論討論，對於已經改過的人，是不是還有必要執行死刑？更有人提出新的看法，認爲與其把劉煥榮槍決，不如由政府特赦他，讓他以個人作爲活例證，告誡後人「歹路不可行」。

不過，司法的制度並沒有饒恕他。

八十二年三月五日，最高法院駁回劉煥榮的上訴，全案判決定讞，劉煥榮被判處死刑確定。

從那天晚上起，劉煥榮夜夜無法入眠。因爲，他不知道哪一天凌晨三點，他會被看守所的戒護人員叫醒，告訴他要「發監執行」。每一天，他一定要熬到天色微露曙光，確定自己又可以多活一天之後，才敢入睡。

三月二十二日晚上，劉煥榮從收音機裡聽到凌晨就要執行的消息之後，他開始在台北看守所「孝二舍」獨居房裡作畫。他一共畫了兩幅畫，畫的都是一匹馬，其中一幅，他送給看守所戒護科長賴獻益，另外一幅，他送給婦女救援基金會。

這一晚，我們也接到消息，聽說劉煥榮要執行槍決了。這是一件大事，我在凌晨三點多鐘趕到了看所守，準備採訪這則新聞。

執行死刑規則第七條規定，「行刑應嚴守秘密，非經檢察官或典獄長許可，不得入行刑場內。」我們這些記者，當然不可能進到刑場內採訪，怎麼辦呢？

到過台北看守所的人都會知道，在看所守附設的刑場牆外，有一排五層樓的房舍。我們按了電鈴，跟裡面的住戶溝通後，他們同意幫忙我們，把一樓的大門敞開，我們衝到屋頂陽台上，從那裡居高臨下，刑場上的一舉一動，我們都看得清清楚楚。

這一晚，擠在這片陽台上的，除了我之外，還有很多同業，電視台的記者們也都跑來了。除此之外，一群「道上」的兄弟們，也跟著我們上了頂樓，站在我們身邊看著刑場上的動靜。

這些黑道弟兄們，個個身著黑衣，手上捧著一束香，他們要目送劉煥榮走完人生的最後一段路。

談到這裡，我就會想起，曾經有人說，「記者很像禿鷹」。這種說法，用在採訪死刑執行新聞時最是恰當。

怎麼說呢？

先講禿鷹好了。通常，禿鷹都在沙漠的上空盤旋。牠的眼光，常常注視著沙漠裡迷失方向的旅人，等到這些可憐人因爲飲水用盡，或體力耗盡，而不支倒地時，禿鷹就會從天而降，啄食這些死屍的腐肉。

採訪死刑的記者又何嘗不是？我們這一群人站在刑場外的屋頂陽台上，每個人屏氣凝神，留心著刑場裡的任何一點風吹草動。有些人還不時的看著腕錶，口中喃喃的抱怨：「怎麼拖那麼久？怎麼還不執行？」和禿鷹相同，記者所期待的，也是一場死亡事件的發生。等到槍響，確定死刑執行結束後，記者們就互相討論、對時，確定一下這名死囚是幾點幾分斃命的，以免回到報社發稿時，每家報社寫的時間都不一樣。等到該統一口徑的細節都兜齊了之後，大夥兒就收拾行囊，分頭趕回自己的辦公室發稿。對於哀痛逾恆的死刑犯家屬，誰又曾眞的正眼瞧過呢？

不過，在劉煥榮執行死刑的這一天凌晨，倒沒有任何一名「白目」的記者敢抱怨時間拖得太久。大家都看得很清楚，在我們身旁，有一群道上兄弟，如果我們之間誰敢出言不遜，說不定討來一頓好打，那可眞划不來。

凌晨四點四十二分，戒護人員進到劉煥榮的舍房，他知道自己大限已到。據事後我採訪的戒護人員告訴我，劉煥榮的表情有些緊張，但他卻強作從容。他換好衣服，跟著戒護人員走進刑場，一邊走，他還一邊回頭和戒護人員聊天。

此時，在我身邊的那些黑道兄弟們，看到劉煥榮露面了，兄弟們就高喊：「劉哥！我們來送你了！」劉煥榮聽到有人在叫他，他很警覺的四下望去，當他的眼光掃到我們這棟樓時，發覺有一大群人擠在屋頂上。

他舉起右手，高呼兩聲：「中華民國萬歲！」然後再把雙手舉高，大喊：「我對不起國家、對不起社會！」最後，他行舉手禮，向著我們大叫：「謝謝各位！」

走進刑場，劉煥榮開始吃他最後一餐。他吃了一些小菜，並且喝了兩大杯加了高粱酒的啤酒。他一面吃，一面告訴在旁的戒護人員：「我不是英雄！黑道沒有英雄！警界才有英雄！幼稚園火燒娃娃車事件中喪生的林靖娟老師才是英雄！」他特別交代，如果記者事後問起，他有沒有遺言時，這幾句話一定要轉達出去。

接著，劉煥榮又說，爲什麼沒有人講笑話給他聽？他最喜歡聽笑話了！可是，在那種氣氛裡，誰有心情說笑話呢？

劉煥榮看看四周沒有反應，他自己就說了一個。他說：「我告訴你們一個笑話，我怕打針。」

有「冷面殺手」之稱的劉煥榮會怕打針？這眞是不可思議。果然，劉煥榮一說，旁邊就有人笑了一聲。

劉煥榮正色的說，他小時候有一次打針，結果針頭斷在他的身體裡，從此以後，他就很怕打針了。

雖然怕打針，但是，當江紹宗法醫上前，問他要不要打麻醉針時，他還是同意了。眼看著麻醉針即將注入他的血管裡，劉煥榮突然又回頭對行刑的法警說：「你最好只開一槍就好，如果你打兩槍，記者會笑你。」

五點三分，劉煥榮已經失去知覺，戒護人員把他拖到刑場中央躺下。由於劉煥榮事前已經簽下捐贈器官同意書，所以槍手執行死刑時，不打他的心臟，改打他的腦袋。

劉煥榮朝天躺下，法警拿著左輪手槍，貼著他的右後耳根，扣下板機。

一聲刺耳的槍響劃破夜空。

在我身旁的那群黑道兄弟們，知道他們的大哥已經被槍決了，有人當場痛哭了起來，其餘的人卻大喊：「劉哥！跑呀！快跑呀！」

我愣了一下，不是都執行死刑了嗎？怎麼還叫他跑呢？

後來，我問了他們，才知道這是台灣的一種習俗。原來，他們叫劉煥榮跑，是要劉煥榮的靈魂趕快跑出身體，這樣才能夠早早投胎。

不過，法警開了一槍之後，死刑還沒結束。六分鐘後，法醫上前，發現劉煥榮的瞳孔還沒有放大，也就是說，他還沒有進入死亡階段，法醫於是示意要再補一槍。槍手領命，對著劉煥榮的腦部又開了一槍。

劉煥榮生前告訴槍手說：「如果你打兩槍，記者會笑你。」結果，槍手還是開了兩槍，但是，在場的每一個記者，沒有半個人笑得出來。

跑完了這則新聞之後，我回到報社發稿。腦中一片空蕩蕩的，覺得好像失去了些什麼。

直到如今，我還保存著台灣高檢署發的一份新聞稿。這類型的新聞稿，在每一次執行完死刑之後，高檢署都會發一份給記者，讓我們知道這天凌晨，又有誰被槍決了。

新聞稿最後一段是這麼寫的：「受刑人劉煥榮到案後，自承除殺害林隆騰、楊柏峰、游國麟外，尚殺害廖榮輝、陳南光，最高法院以劉煥榮先後殺死五人，不合中華民國七十七年、八十年罪犯減刑條例之要件，且審酌劉煥榮素行不良，視人命如草芥，手段殘酷，心狠手辣，有與社會永久隔離之必要。雖其於羈押時有所悔悟及作畫義賣回饋社會，並不足以贖其前愆，乃判處死刑，褫奪公權終身，爲結幫作惡，爲害社會者足戒！」

我也保留了當天的《聯合晚報》。在報上，編輯是以這樣的標題文字來處理劉煥榮槍決的新聞，標題是這麼下的：「劉煥榮伏法」；「欣於所遇，情隨境遷，死生亦大矣；修短隨化，終期將盡，豈不痛快哉」；「生死懸七年，最是悲哀，莫過劉兄妹；畫作全捐出，最是受恩，莫過小雛菊」。

看著這樣的標題，我似乎能夠感受到，處理這則新聞的編輯，也爲劉煥榮的死而不忍。

我能說些什麼呢？我只能喟然長嘆一聲。

签注
阿達新聞檔案
之
林賢順檔案

在人的一生中，三十五分鐘，是個非常短暫的時間，它或許只夠你吃下一碗麵、或許只夠你和朋友聊上一通電話、更或許只夠你洗個澡。但有時，三十五分鐘，卻能改變一個人的一生，甚至，是一個家庭的命運。

民國七十八年二月十一日，上午九點十六分開始，到九點五十一分，短短的三十五分鐘過去了，一個人、一個家庭，都變了樣。

故事的主角，是當年三十六歲的空軍軍官林賢順，他是駐防在台東志航基地的空軍七三七聯隊的中校輔導長。二月十一日，農曆春節剛剛過去，這天上午，他利用中隊長年節補休、副隊長帶學生在空中飛行時，乘著機工長邱耀賢上士正在為編號五一二○的F五E戰鬥機準備第二次派飛檢查時，矇混登機，並在上午九點十六分強行起飛。三十五分鐘後，這架戰鬥機飛過海峽中線，抵達廣東省豐順縣上空，因為油料耗盡而墜毀，林賢順跳傘逃生。

中華民國的飛官就這麼踏上了大陸的土地。

一架戰鬥機、一位飛官，就這麼飛到大陸去，這消息絕對不可能封鎖得住。這天晚上，空軍總部發布新聞稿，承認有一架軍機失蹤。不過，新聞稿裡說得很模糊，只聲稱這架戰機是在做演習飛行時，與塔台方面失去聯繫，至於飛行員林賢順為什麼會把飛機飛到大陸去，是迷航？還是投共叛逃？新聞稿裡並沒有明說，僅表示「對林賢順中校此舉的確實原因或動機，仍待進一步查證」。

事後證明，空總在這篇新聞稿裡，並沒有完全說實話。事實上，從林賢順強行登機時，軍方就已經發覺事情不對勁了。

根據監察院之後的調查，二月十一日上午，林賢順在沒有出示「放行條」的情形下，強行登上了這架F五E戰機，並且把飛機滑向跑道準備起飛。由於台東志航基地的塔台事前並沒有獲得這次飛行的通報，當然會嚇了一跳，塔台管制人員依據作業程序，以無線電要求林賢順通報這次飛行的任務編號。不過，林賢順不知道是故意不理會塔台的呼叫，還是把無線電給關了，反正，他並沒有把飛機停下來，他把飛機滑行到跑道盡頭後，即強行起飛。

這時，塔台馬上把這件特殊狀況回報給基地的值勤官。值勤官經詢問查證後，發現林賢順是在沒有獲得飛行許可的情況下自行起飛，心裡知道出了大事，於是立刻通知作戰管制單位。位於台北市公館蟾蜍山的戰管中心接到通報後，馬上下令各雷達站及偵蒐單位加強東、西部空域的監控及偵蒐，但這時已經是上午九點二十六分，距林賢順起飛的時間已經過了十分鐘了。

十分鐘的時間不算長，但對於一架可以達到音速一點六倍的戰機來說，十分鐘已經足夠林賢順從台東飛越中央山脈的尾端，切過屏東半島，抵達台灣海峽上空了。

飛到海面之後，林賢順立刻壓低機身，讓飛機保持在海平面五百尺的低空中，以目視方式飛行。這麼做的目的是爲了躲避雷達的搜索。果然，各雷達站受地形限制，對近距離低空目標完全無法掌握，林賢順趁此機會，加速向前飛行。四分鐘後，飛機越過海峽中線，林賢順才拉起機頭，爬升到兩萬五千尺的高空。

飛機拉高，可以節省油料，但代價就是會暴露行蹤。果然，上午九點三十分，雷達顯示幕上出現了林賢順這架戰機的蹤影，戰管中心馬上下令在空巡弋的戰機前往攔截，並且打開射控系統，準備發射飛彈射擊。不過，這時林賢順的戰機已經飛得老遠，攔截機回報，雙方距離已經超出飛彈射程，無法擊落。但攔截機仍然持續尾追林賢順的飛機二十六浬，直到飛行員發現油料不足，請求返航獲准後，才眼睜睜的看著林賢順的戰機一路往大陸領空飛去。

上午九點四十五分，林賢順駕駛的這架戰機已經飛進大陸上空，飛機在空中盤旋了六分鐘之後，還是找不到可以安全降落的機場跑道。九點五十一分，戰機的油料耗盡，林賢順決定跳傘逃生，這架F五E戰機於是墜毀在廣東省豐順縣境內。

換句話說，從飛機起飛之初，空軍就知道這架戰機是強行起飛，並不是在執行演習飛行。而戰管中心一度曾下令在空巡弋的戰機準備擊落林賢順的座機，從這一點來看，軍方也早就知道林賢順此舉是叛逃，而非迷航。可是，或許是面子問題，也可能是應變不及，國防部在找不到合理說辭，又不願承認空軍出了一位叛逃的軍官，只好在新聞稿裡故意語焉不詳，大打迷糊仗。

軍方愈是遮遮掩掩，新聞界就對這樁事愈感興趣。第二天各大報，都用一版頭條的位置大幅報導「我空軍一架F五E戰機墜毀廣東省境」的消息。

這天，立法委員康寧祥馬上對國防部提出緊急質詢。他說，他非常憂心空軍的「針眼計畫」可能因爲林賢順的叛逃事件而洩露給中共，因此，他也督促國防部要重新調整作戰訓練，以維護制空戰略。康寧祥說，林賢順所屬中隊，正牽涉到模擬假想敵的「針眼計畫」，如果林賢順將此一計畫洩露給中共，勢必影響到台灣制空優勢。

什麼是「針眼計畫」？一般人根本不了解。但康寧祥既然起了個頭，記者們自然就往下追去。這一追，果然發現事情不妙。

原來，當年我國空軍有八個聯隊，其中，林賢順所屬七三七聯隊，正駐防在台東志航基地。七三七聯隊下有四十四、四十五、四十六等三個中隊，都配備F五E戰機，另外也配有若干S七○C反潛機。其中，四十六中隊即是聞名國際的「台灣Top Gun」。

跑軍事新聞的記者們報導說，四十六中隊即是空軍假想敵中隊，隊上成員需要模擬中共米格機的動作與戰術，以提供各基地來受訓的飛行員模擬作戰，因此它的隊徽右上角是一個中共的紅星，紅星中央則是一架中共殲七的戰機圖型。歷年來，投奔自由的反共義士對此中隊提供了不少米格機的戰術資料。

林賢順雖屬於七三七聯隊，不過並不屬於第四十六中隊，但是，因爲他的階級不低，對同屬七三七聯隊的四十六中隊應該有相當了解，這對我們的空戰戰術將帶來不少困擾。這也就是說，康寧祥的憂慮，很有可能並不是無的放矢。

不過，到了這個節骨眼，軍方還不願承認林賢順駕機飛到大陸的行爲是叛逃。或許，在他們心裡還有一個小小的期待，說不定，林賢順只是一時糊塗，或是一時衝動，等到他踏到大陸的土地，清醒了或是冷靜了，他也許會後悔。

但是，林賢順並沒有後悔。

十二日晚上，林賢順在廣東省豐順縣接受汕頭電視台訪問時說，他駕機飛往大陸是他本人的意思，連他家人也不知道。在電視螢光幕中，林賢順仍穿著我國空軍的飛行服，表情與態度並沒有絲毫興奮之情。

林賢順的態度平靜，但空軍可不平靜。既然林賢順已經承認他是叛逃到大陸去，空軍也不可能再對他懷有任何期待。軍方開始進行損害控制等一切後續的補救措施。

十三日，空軍總部對外發布新聞稿說，外傳林賢順攜走了機密文件之說，完全不確實。因爲，軍事基地的整體規畫建設工程，是由國防部主持的，在完成後仍未移交空軍保管使用前，基地內的軍人都無法參與甚或進入工程區，因此新建軍事設施等機密不可能外洩。至於在空軍戰術部隊方面，除了戰技與任務外，沒有任何機密會傳達到連隊，這也是國家在處理重要機密等級上的嚴格規定，所以也不必擔心重要情報會因此洩露給中共。空軍總部強調，外界所傳並不實在。

這份新聞稿的說法很妙，而且有著很濃的「大事化小」的用意。試想，一般老百姓在空軍基地外拿著小筆記本記錄每一架戰機的編號和起飛的時間，都會被軍方依「妨害軍機治罪條例」移送法辦了；一位飛行員飛到大陸去，怎麼可能不會造成任何損害？飛行員就算什麼東西都不帶走，他只要帶走自己的腦袋，那都是很嚴重的事。因爲，飛行員腦中的記憶就是最大的情報來源。

果然，不久之後，時任空總參謀長齊正文到立法院作專案報告時，終於坦承林賢順帶走了「西岸五大基地防砲走廊航圖」。這麼重要的軍事情報竟然外洩給中共，空軍頓時成了眾矢之的。

另外，國防部軍事發言人室也對林賢順叛逃的原因發布消息說：空軍飛行員林賢順中校駕機飛往大陸一事，經初步調查，林員平時生活規律，社交單純，最近因家庭失和，復患有鼻竇炎及頭痛症，屢治不癒，曾數度暫予停飛，以致影響其心態失衡，至於有無其他因素，仍在繼續查證中。

這種說法更可議了。試想，每一次遇到中共的飛行員飛來台灣時，我們都說他們是「投奔自由」、「反共義士」、「唾棄共產暴政」，把他們的動機說得大義凜然；怎麼我們的飛行員飛過去，不是因爲積欠賭債走投無路，就是家庭失和一怒而去？好怪！人家飛過來，就是深明大義；我們飛過去，就是落跑兼躲債。落差怎麼可能這麼大？這也未免太過於自欺欺人了吧！

事實上，在林賢順飛到大陸去的前一年九月，中共已經取消對投奔大陸軍人的獎賞制度，因此，縱然林賢順駕機飛到大陸去，他也沒有獎金可領，不像飛來台灣的中共飛行員，動輒就可以領到好幾千兩的黃金。如果以動機論來看，飛過去比飛過來更沒有誘因。那麼，林賢順究竟是爲了什麼才決定要飛去大陸呢？

讓軍方最難堪的，還不是林賢順並非爲了重賞而飛去大陸。林賢順的背景，以及他在軍中的職務，才是讓空軍最灰頭土臉的地方。

先說背景。林賢順在初中畢業之後，即報考位於屏東縣東港的空軍幼校，畢業後再直升空軍官校，經過嚴格的篩選後，他獲選爲戰鬥機飛行員。這也就是說，他是空軍正期班培養出來的職業軍人，比起專修班這種半路出家的飛官來說，在血統上，林賢順要正統得多。這麼純正的職業軍人，還會叛逃到大陸，這叫軍方情何以堪。更何況，林賢順叛逃時，官拜中校，比起之前任何一個跑到大陸的飛行員官階都還要高，這更讓軍方難以忍受。

最不堪的是，他在七三七聯隊裡，還擔任輔導長的職務，等於是部隊的政戰主管。按理來說，這種人應該是「思想武裝最堅強的人」，結果，別人沒逃，他卻叛逃了，這豈非代表，部隊裡的政戰系統整個都要崩潰了？

當時擔任空軍總部政戰主任的唐飛中將，在立法院裡就被立委們轟得體無完膚。立委不解，空軍爲什麼無法阻止林賢順叛逃？一架飛機要從跑道飛到空中，有那麼容易嗎？怎麼會連攔都攔不住呢？更何況，林賢順本身是負責部隊思想考核的輔導長，怎麼現在連自己都跑到大陸「回歸」去了呢？我們的政戰體系，到底在培養些什麼樣的政戰人員呢？

社會輿論強烈的要求軍方給個說法，國防部只好在二月十五日發布了一篇調查報告。軍方調查，林賢順不賭錢，財務狀況尚可，生活正常，工作表現也不差，促使他飛往大陸的原因，軍方還是一口咬定，很可能是家庭狀況令他情緒失控。

什麼樣的家庭狀況呢？根據國防部的報告顯示，林賢順在元月十三日曾經寫了一封信給妻子陳雪貞，但這封信還沒有寄出去，他就跑到大陸去了。這封信裡，提到了「一粒砂子」，也提到一個人名「寒玉」，都讓人相當好奇。軍方私下透露，林賢順懷疑家庭生活中有人介入，導致他日夜猜疑，與妻子經常發生口角。至於這名「寒玉」究竟是誰？軍方沒有明說，只暗示很可能是林賢順的同事或好友。

莫非，林賢順是因爲懷疑妻子不貞、另結新歡，所以一怒之下才決定投共？

原來，林賢順在七十四年時，曾奉派到韓國接受參謀作戰訓練，爲期一年多。他在韓國期間，妻小都仍居住在台東市，太太陳雪貞則在志航基地上班。

受訓期滿之後，林賢順返回志航基地服務，據指出，回國之後，他聽到了很多閒話，令他難堪，此後性情即處於鬱悶狀態，情緒更陷入低潮與不穩，夫妻感情因而受到影響。

不過，這樣的說法仍然讓人半信半疑。因爲，如果眞是因爲感情失和，林賢順大可以採取離婚的手段，解決問題，他犯不著把一架飛機開到對岸去，讓自己一生所維護的榮譽毀之一旦；除非，介入他家庭的「一粒砂子」也是部隊中人，而且官階比林賢順還高，那麼，林賢順採取投共的作爲，就可以理解了。因爲，他跑去大陸後，雖然代表他此生已無機會再回到國軍服務，前途等於完蛋了，但此舉也能讓他的長官下台一鞠躬，吃不完兜著走，那是一種玉石俱焚的心態。

但這些，都是我們這些外人臆測之詞，作不得準。因爲，當事人之一的林賢順已經跑到大陸去了，問不到人；而女主角陳雪貞在林賢順叛逃之後，就被軍方嚴密的保護起來，我們同樣找不到人可以查證。

這件叛逃事件，隨著時光的流逝，也慢慢從報紙上一版頭條的位置，退到內頁的版面上，而且刊出的篇幅愈來愈小，最後終於完全消逝無蹤。對我們這些記者來說，每天都有新的新聞事件發生，也顧不得繼續追蹤後續情況，漸漸的，林賢順叛逃事件就從我的腦海裡淡去了。

到了第二年，也就是民國七十九年初，這件叛逃案又再起波瀾。

原來，已經跑到大陸的林賢順，不知怎麼的，突然跟河北省石家庄中級人民法院提出離婚訟訴，要求法院判准他和在台灣的妻子陳雪貞離婚。

大陸的法院依規定，把林賢順的起訴狀郵寄了一份到台灣來，並且訂出了開庭日期。陳雪貞要不要到大陸去？能不能到大陸去打官司？或者，她就乾脆放棄了這個逃亡在外的老公？整件事的後續發展變得相當具有新聞性，報社派我追蹤這條新聞。

我四下打聽，查出陳雪貞目前還在台東志航空軍基地擔任雇員，所以，她根本不可能到大陸去。那麼，她要如何打這場官司呢？如果她不出庭，法院很可能因爲她的缺席，而採用「一造辯論」的方式，把有利的判決判給林賢順。

後來，我終於查出來，陳雪貞不想放棄她老公。她雖然不能去大陸打官司，但她可以請律師代爲出庭。透過朋友的介紹，陳雪貞委任了從軍法官轉任律師的王昧爽，請他代爲出征。王昧爽一口答應，而且表示願意義務幫陳雪貞打這場官司。

來去匆匆，王昧爽風塵僕僕的趕到大陸，遞了狀子，聲明他的當事人陳雪貞依然愛著老公，不願和林賢順離婚，而林賢順則像是吃了秤砣鐵了心，一心想要和陳雪貞分手。

官司打完之後，法官並沒有當庭宣判，王昧爽只好回到台灣來等判決。

由於這是第一樁兩岸離婚官司，而且還牽涉到一名叛逃到大陸去的飛官，新聞性當然很強。不過，我們對大陸的法律都不懂，也不知道大陸的法官會怎麼斷案，只能靜靜的等候，看看有沒有進一步的變化。這段時間，我常和王昧爽律師聯絡，他也告訴我，其實，大陸法院也沒處理過這麼高度政治性的離婚案件，所以審理起來也相當謹愼，但他覺得，大陸的司法機關這一次對陳雪貞相當優待。王律師說，以他來說吧，他明明不具有大陸律師的身分，但他代表陳雪貞出庭，大陸法院也仍然接受，顯然給我方開了很多方便之門。

我想，或許，兩岸都有點想透過這場官司，搞個什麼樣板戲之類的吧？

五月二十四日上午，我打電話給王昧爽律師，他很興奮的告訴我，前一天晚上，他已經收到大陸法院寄來的判決書了。

我很緊張的問：「判決主文是什麼？」

在電話那一頭，王昧爽律師很開心的念給我聽：「不准林賢順與陳雪貞離婚。訴訟費人民幣五十元整，由林賢順負擔。」

「哇！」我大叫一聲，說：「這是大勝利耶！」

和王律師約好，我馬上趕到他的事務所，去瞧一瞧大陸的判決書，看看是長得什麼樣子。

到了事務所，王律師很高興的拿出大陸法院的判決書，那是一張很薄很薄的黃紙，質料很差，和我們這邊判決書所用的紙質完全不同。我很好奇的把判決書拿在手上，翻來覆去的看。

判決書全文是這麼寫的：

「原告林賢順訴稱，雙方因性格各異，常爲家庭瑣事爭吵，發生矛盾，致使感情破裂，堅決要求離婚。而被告陳雪貞方面則辯稱，雙方婚姻基礎穩固，婚後數年感情甚篤，且生有子女，雖在日常生活中偶爾產生不同意見，但均不致影響夫妻感情，不同意離婚。

「經本院審理查明，原被告於一九七六年九月在台灣省經人介紹相識、戀愛。一九七九年七月結婚，婚後感情尚好。一九八〇年七月婚生一女林慧瑜；一九八七年七月又生一子林彥甫，婚後共同購置房屋一所、汽車一部、家用電器及生活用品等。一九八六年後，爲生活瑣事時有爭吵，發生矛盾，互相諒解不夠。林賢順於一九八九年二月來大陸向法院起訴，陳雪貞因故未出庭應訊，向法院提交書面意見，表示仍愛林賢順，欲與林和好，不同意離婚。

「本院認爲林賢順和陳雪貞係自由戀愛結婚，婚姻基礎、婚後感情尚好，且生有子女。雙方均應珍惜夫妻感情，互諒互讓，爭取和好，故依據中華人民共和國婚姻法第二十五條規定，判決如下：不准林賢順與陳雪貞離婚。訴訟費用人民幣五十元整，由林賢順負擔。如不服判決，在接到本判決書的次日起十五日內，向本院提交上訴狀及副本三份，上訴河北省高級人民法院。審判長張明浩、審判員程振行、羅湘英。一九九〇年四月二十五日。書記員吳亞梅。」

看到這份判決書，我也覺得很興奮，但我不太了解大陸婚姻法第二十五條是怎麼規定的，我問王律師，他也有備而來，把法條找出來給我看。原來，大陸婚姻法第二十五條是這麼規定的：「男女一方要求離婚的，可由有關部門進行調解或直接向人民法院提出離婚訴訟。人民法院審理離婚案件，應當進行調解；如感情確已破裂，調解無效，應准予離婚。」

我說：「原來，兩岸的法律都差不多，都是勸合不勸離嘛！」

王昧爽律師很得意的說：「我對這項判決的結果很滿意。這表示大陸對事實還是很尊重，不會因爲林賢順是台灣到大陸的飛行員，而對法律扭曲解釋。」

我問他：「陳雪貞知道判決結果了嗎？」

他點點頭：「昨晚，我和陳雪貞通過電話了，她也很高興。」

我再追問：「王律師，你是怎麼打這場官司的？」

他告訴我：「陳雪貞因爲工作環境的關係，不能去大陸。但是，我帶了她的表妹陳淑美過去作了證，又搜集了一百八十五張林賢順夫妻從戀愛到叛逃前的相片，提供法院參考，證明他們感情很好。我想，這些資料對法官應該有很大的參考價值吧！」

不過，話鋒一轉，王昧爽律師又說：「這場官司最重要的意義，還不在於我方的輸贏。我們應該好好思考，在海峽兩岸分治的時代裡，他們的判決，我們承不承認？我們的判決，他們又承不承認？這是很關鍵的問題。」

我不太懂，請他進一步說明。

他說：「目前的環境裡，海峽兩岸都不承認對方的判決效力，這就會發生很多問題。例如說，假如今天林賢順勝訴，那麼，他可以離婚，而且再娶。可是，台灣不承認這項判決，那麼，在台灣的法律裡，陳雪貞仍是已婚身分，她就不能再婚。又如果，今天這場官司是在台灣打，法院判決陳雪貞勝訴，那麼，陳雪貞就恢復單身身分，她就可以再婚，而林賢順在大陸反而不能再結婚。這不是很奇怪嗎？」

王昧爽律師提到的這點，果然是個大問題。事實上，隨著兩岸之間的互動愈來愈頻繁，我們都相信，類似的案件在未來只會多，不會少。該怎麼解決？這就要看兩岸領導人的智慧了。

幾年之後，兩岸之間分別成立了海基會、海協會，透過金門協議、辜汪會談，雙方在幾次事務性的談判後，取得了共識，海峽兩岸都同意承認對方司法判決的效力。而兩岸人民關係條例的制定，也爲長期以來困擾海峽兩岸人民的法律關係，作了清楚的界定。但這都是後話了。

擺在眼前的，還有一個問題。在這一年，政府已經開放台灣同胞到大陸探親了，既然，大陸法院不准林賢順和陳雪貞離婚，那麼，他們兩人就仍然具有親屬關係。我問王律師，如果陳雪貞依照規定，向政府提出要到大陸探親的申請，政府會不會答應？

這個問題，王律師當然答不出來。他沉思了一下，說：「以前從來沒有這樣的前例，所以也不知道政府會不會批准。不過，叛逃到大陸，和滯留大陸，雖然在事實上有共同點，但在精神上還是有些不同的啦！我想，政府如果遇到這樣的案子，應該也會很頭痛吧！」

不過，陳雪貞沒有申請到大陸探親，而林賢順在收到敗訴的判決後，在上訴期限內也沒有提出上訴，這項判決便宣告確定。

原本，我以為這件案子就這麼落幕了。沒想到，到了年底，事情又有了新的發展。

七十九年底，聖誕節前後，王昧爽律師到大陸河北省探親。由於他幾個月前才來河北打過官司，所以就想順道去石家庄中級人民法院，拜訪一下當時承審林賢順離婚官司的法官。沒想到，他一見到張明浩審判長時，張法官卻告訴他，林賢順又再次向河北省石家庄中級人民法院起訴，還是要求法院判准離婚。而且，這次的離婚官司，也仍舊由他負責審理。

王律師嚇了一跳。他問張明浩法官，大陸的司法制度沒有所謂的「一事不再理」原則嗎？張法官告訴他，大陸的民事訴訟法，對於確定判決的拘束力只有六個月，超過六個月之後，敗訴的一方如果重新起訴，法院不能拒絕。

張法官還提供一個訊息給王昧爽。他說，大陸最高人民法院於一九八九年十一月二十一日曾經作出一項新的批示，「夫妻因感情不和，分居已滿三年，確無和好可能的，或經人民法院判決不准離婚後，又分居滿一年，互不履行夫妻義務時，應准予離婚。」

王昧爽很著急的解釋說，林賢順和陳雪貞分居，是政治環境造成的，並不是感情破裂，法院不能用這樣的理由判決他們離婚。不過，法官只是笑而不答，他暗藏玄機的說：「你這問題，得等我開庭以後再來討論。」

王昧爽回來台灣之後，馬上把這消息告訴我。我很不解，問他林賢順爲什麼執意要離婚？王律師說，他私下打聽，聽說林賢順在大陸結交了一名小學女教員，因此才會急著想和陳雪貞離婚，以便再娶。

我問他：「你還會再一次義務幫陳雪貞打這場官司嗎？」

王律師一直點頭，他說：「我當然願意。但先決條件是要陳雪貞願意委任我擔任她的律師才行呀！」

八十年二月七日，王昧爽律師打電話給我，要我馬上到他事務所一趟。

我依約趕去，看到他正皺著眉頭端詳一份文件。他看到我來了，就把手中那張紙遞給我，我一看，原來是林賢順再次訴請離婚的起訴狀。

這一次，林賢順的起訴狀寫得就相當的直接了。

書狀上說，林賢順之所以回歸到大陸去，主要的原因就是對婚姻絕望。而且，上次法院判決後迄今，陳雪貞一直沒有和他和好的行動，所以他認爲，陳雪貞口中雖然說不願意離婚，可以和好，但完全都是虛僞的，是爲了干擾林賢順在大陸正常工作和生活，想拖垮他，使他繼續遭受在台灣時的痛苦折磨，而不能安心在大陸服務。

書狀上又說，林賢順在台灣期間，曾以鉅資貸款購買房、家具及替陳雪貞換假牙，並曾帶妻子做二度蜜月，但都無法挽救破裂的婚姻。而陳雪貞還曾到派出所告狀，指林賢順打她，搞得滿城風雨、部隊不安。事後，林賢順寫了封和好的信，但陳雪貞卻把信丟到垃圾桶，置之不理，林賢順認爲，這樣的婚姻已經無法維繫了。

書狀最後還說，他和陳雪貞育有一子一女，以及房子、汽車、機車，他請法院在判決時，能對這些財產一併判決。

我看完這份起訴狀，連連驚呼：「太誇張了！」

也難怪我要這麼說。想想看，如果法院這次眞的判林賢順贏了，而且也把子女的監護權、夫妻之間的財產都判給了他，但陳雪貞若是拒絕執行，林賢順要怎麼把他在台灣的這一對子女給帶去大陸呢？他又要怎麼把房子、車子變現，取得這些財產呢？

而且，如果陳雪貞表明，願意和林賢順履行夫妻同居的義務，那麼，林賢順願意回來台灣，和陳雪貞一道兒住嗎？又或者，如果陳雪貞乾脆搬到大陸去，要和林賢順住在一塊，林賢順是要收還是不收呢？

對於我像連珠炮似的，提出這一連串的問題，王昧爽律師並沒有當面回答，他只是很讚許的點了點頭，跟我說了一句：「你頭腦滿清楚的嘛！」

他還告訴我，陳雪貞已經辭掉軍中雇員的工作，這一次，她可以親自到大陸打官司了。王律師說，由於石家庄中級人民法院把開庭日期定在三月五日，所以，他們在三月一日就會出發，先到大陸準備準備。

二月二十八日，他們出發的前一天，我又打了通電話給王昧爽律師。他告訴我，陳雪貞向境管局申請到大陸打官司，已經許可了。這次，陳雪貞還會帶著十一歲的女兒林慧瑜一起去。

他告訴我，他本來想安排林賢順和陳雪貞在開庭前先見個面，不過，當他向石家庄法院審判長張明浩提出要求時，得到的回答是：「林賢順不想見她！」

王昧爽不死心，他又請張明浩提供林賢順的電話，以便直接聯絡，但也被拒絕。張明浩還轉達說，林賢順說，如果是女兒林慧瑜要和父親見面，或許可以考慮，但一切，都要等他們到了石家庄以後再說。

我也問了律師，這次出庭前，有沒有先做些準備工作？律師告訴我，他們此次依然帶了大批的相片和其他資料，足以證明夫妻感情並未破裂。此外，陳雪貞也請了母親寫了一份證明書，證明林賢順在台灣買的房子，最初是由陳雪貞的媽媽花了一百三十多萬元買下來，幾年之後才以半價讓給女兒和女婿。換句話說，林賢順在離婚訴狀裡說，房子是他貸款購買的說法，根本不實在。

另外，陳雪貞也向台東當地的派出所調出七十八年元月七日民眾報案登記簿，證明陳雪貞那天並沒有向派出所報案，指稱林賢順打她。這份資料也可以證明林賢順在書狀中確有說謊的問題。

王昧爽律師告訴我：「只要能證明林賢順在起訴狀裡所言不實，那麼，女方勝訴的機會就很大。」

三月一日上午八點五十分，王律師帶著陳雪貞母女，搭上華航班機飛到香港，之後，再轉搭中午十二點二十分的中共民航機飛到北京。他們在北京停留兩天之後，轉往石家庄，準備出庭。

三月四日，石家庄中級人民法院審判長張明浩通知他們出庭，到法庭進行「法院調解」程序。

下午兩點十五分，陳雪貞在石家庄法院裡，和闊別兩年多的丈夫見了面。

法官原本要讓他們夫妻兩人私下溝通，不過林賢順一口拒絕。他說，他一定要離婚。

聽到丈夫如此絕情，陳雪貞當場忍不住激動得淚流滿面。

既然林賢順拒絕私下溝通，審判長張明浩只好端坐在審判席上，要陳雪貞先說明不願意離婚的理由。

陳雪貞告訴法官，林賢順在台灣時，常常陪著她到處散步，而且對她也極爲體貼。生下長女林慧瑜之後，林賢順還要陳雪貞別太勞累，並且還特別申請從桃園基地調回台東，以便夫妻團聚。林賢順到韓國受訓完畢回國後，兩人又生下一個男孩。在生產時，林賢順怕醫院人多吵雜，還特別堅持讓她住在單人產房。

陳雪貞紅著臉說，在林賢順飛往大陸的前一夜，夫妻兩人還有魚水之歡，可見兩人的感情並沒有破裂，否則，她又為何要借錢，籌足旅費後到大陸出庭，爭取老公回心轉意呢？

對於陳雪貞的說法，林賢順完全否認。

他告訴法官，以他在台灣擔任空軍飛行員，收入如此之高，為什麼要放棄而到大陸來？可見根本是婚姻生活到了不能忍受的地步，才被迫離開。

他也說，他從一九八六年到韓國受完訓回到台灣後，雙方的感情生活就發生摩擦，到了一九八八年發生了大變化，由於牽涉到第三者，兩人無法共同生活，他才會到大陸。

陳雪貞受到攻擊，馬上反擊回去。她大聲的告訴法官，她根本就沒有外遇，林賢順如果真要一口咬定，請他提出證據來。陳雪貞也說，如果真如林賢順所說，從韓國受訓回來，兩人感情就破裂了，那麼，他們怎麼還會再生一個男孩呢？她很激動的說，雙方有摩擦是事實，但這是因為林賢順賺的錢都沒有拿回家來，而且還沉迷賭博。她說，林賢順飛到大陸後，有好多債主上門要債。而她事後去翻林賢順的存摺，發現裡面只有六十一元，連過年時的薪水八萬多元都沒有拿回家來，反而全部賭光了，這又該怎麼說呢？說著說著，陳雪貞又忍不住哭了出來。

法官眼看氣氛愈來愈僵，而且兩個人互挖對方的瘡疤是愈挖愈臭，他知道這場調解庭是調解不了了，只好宣布退庭，改定第二天上午八點半，進行正式的離婚審理庭。而陳雪貞一口氣把心底的話全說出來之後，她大概也明白，這場婚姻是難以挽回了。

果然，第二天的庭訊，完全像是照本宣科般，把整套程序走完。審判長張明浩分頭問了兩方的意見，也確定他們兩人不可能履行同居關係後，結束了這場庭訊，並宣布擇期宣判。

打完了這場官司，陳雪貞懷著破碎的心情回到台灣。不久，她接到了大陸法院的判決書，這一次，法官把有利判決判給了林賢順，准許他們離婚。

聽到判決結果下來後，我又打了一通電話給王昧爽律師，問他陳雪貞服不服判決？要不要再上訴？

在電話那端，王律師嘆了一口氣，他說：「范記者，你覺得再上訴有用嗎？一方面，陳雪貞實在沒有錢再去大陸打官司，二方面，就算眞的上訴，而且也改判不准他們離婚，那又有什麼意義呢？人都跑到那麼遠去了，就算讓陳雪貞拿到一紙不准離婚的判決，又能改變什麼呢？」

是呀！即使法院不准他們離婚，但夫妻之間隔著一道台灣海峽，那和離婚又有什麼差別呢？法律也有窮盡的時候，司法的判決並不能實現社會的正義，也不能改變事實。那麼，一切就隨他去吧！解開了纏繞在彼此之間的糾葛，說不定，他們兩人都能有更寬廣的路可走呢！

我這算是自我安慰、自欺欺人嗎？
我不知道……。

INK PUBLISHING　經商社匯 4

阿達新聞檔案之兩岸故事

作　　者　范立達
總 編 輯　初安民
責任編輯　陳思妤
美術編輯　許秋山
校　　對　陳思妤　范立達

發 行 人　張書銘
出　　版　INK印刻出版有限公司
台北縣中和市中正路800號13樓之3
電話：02-22281626
傳真：02-22281598
e-mail：ink.book@msa.hinet.net
法律顧問　漢全國際法律事務所
林春金律師

總 經 銷　成陽出版股份有限公司
訂購電話：03-3589000
訂購傳真：03-3581688
http：//www.sudu.cc
郵政劃撥　19000691 成陽出版股份有限公司
印　　刷　海王印刷事業股份有限公司

出版日期　2004 年 6 月 初版
2004 年 6 月 20 日 初版二刷
ISBN 986-7420-00-4
定價　200元

國家圖書館出版品預行編目資料

阿達新聞檔案之兩岸故事／范立達 著.
--初版，--臺北縣中和市：INK印刻，
2004〔民93〕面；　公分

ISBN 986-7420-00-4（平裝）
1. 採訪（新聞）

895.31　　93009579

K INK INK INK INK INK INK INK
NK INK INK INK INK INK INK I
K INK INK INK INK INK INK INK
NK INK INK INK INK INK INK I
K INK INK INK INK INK INK INK
NK INK INK INK INK INK INK I
K INK INK INK INK INK INK INK
NK INK INK INK INK INK INK I
K INK INK INK INK INK INK INK
NK INK INK INK INK INK INK I
K INK INK INK INK INK INK INK
NK INK INK INK INK INK INK I
K INK INK INK INK INK INK INK
NK INK INK INK INK INK INK I
K INK INK INK INK INK INK INK
NK INK INK INK INK INK INK I
K INK INK INK INK INK INK INK
NK INK INK INK INK INK INK I
K INK INK INK INK INK INK INK
NK INK INK INK INK INK INK I
K INK INK INK INK INK INK INK
NK INK INK INK INK INK INK I
K INK INK INK INK INK INK INK
NK INK INK INK INK INK INK I
K INK INK INK INK INK INK INK
NK INK INK INK INK INK INK I
K INK INK INK INK INK INK INK
NK INK INK INK INK INK INK I